U0614943

谢谢你，让我成为更好的人

智慧卷

青年文摘图书中心 编 — 李钊平 主编

中国青年出版社

目
录

## Ⅲ 选择离成功最近的位置

## Ⅳ 支配自己的幸福

# 生 命（外三则）

文／顾 城

两个雨滴降落到大地上，微微接近，接近时变长，在临近汇合的最新鲜的刹那，它想起它们分离的一瞬。

每个人来到这个世界上之前，都作为云、飞鸟、河水，千百次生活过；都作为阳光生活过。当你有了眼睛，看世界，闻到春天的气息，听，声音一闪，你就想起了以前的生命。

从叶到花，或从花到叶，于科研是一个过程，而于生命自身则永远只在此刻。花和叶都是一种记忆方式。果子同时也是种子。

生命是闪耀的此刻，不是过程，就像芳香不需要道路一样。

## 自 由

自由并不是你不知道干什么好，也不是你干什么都可以不坐牢；自由是你清楚无疑你要干什么，不装蒜，不矫揉造作，无论什么功利结果，会不会坐牢或者送死，都不在话下了。

对于惶惑不知道干什么的人来说，自由是不存在的；对于瞻前顾后、患得患失的人来说，自由是不可及的。

## 磊 落

《水浒传》有它的原则，这个原则就是看你是不是真的，是不是一个好汉。不管你是不是书法家，是不是钦差，是不是读书人，这都不管，它就是看你是不是磊落。你看梁山泊的人，干什么的都有，从小偷到皇亲国戚，到柴大官人，都有，但是他们在这点上是平等的。

这点是哪点？就是看你是不是一个说真话的人，不畏生死的人，敢做敢当的人。

### 一个人

一个人，生活可以变得好，也可以变得坏；可以活得久，也可以活得不久；可以做一个艺术家，也可以锯木头，没有多大的区别。但是有一点是重要的，就是他不能说鬼话、说谎言，他不能在醒来的时候看见自己觉得不堪入目。一个人应该活的是自己并且活得干净。

# 我喜欢的人（外一则）

文／季羡林

我喜欢的人约略是这样的：质朴、淳厚、诚恳、平易；骨头硬，心肠软；怀真情，讲真话；不阿谀奉承，不背后议论；不人前一面，人后一面；无哗众取宠之意，有实事求是之心；不是丝毫不考虑自己的利益，而是能多为别人考虑；最重要的是能分清是非，又敢分清，从而敢于路见不平，疾恶如仇；关键是一个"真"字，是性情中人；最高水平当然是孟子所说的"富贵不能淫，贫贱不能移，威武不能屈"。

## 骨　气

中国历史上一批穷困的知识分子，贫无立锥之地，绝不会有面团团的富家翁相。中国诗文和老百姓嘴中有很多形容贫穷而瘦的穷人的话，什么"瘦骨嶙峋"，什么"骨瘦如柴"，又是什么"瘦得皮包骨头"，等等，都与骨头有关。这一批人一无所有，最值钱的仅存的"财产"就是他们这一身瘦骨头。这是他们人生中最后的一点"赌注"，轻易不能押上的，押上一输他们也就"涅槃"了。然而他们却偏偏喜欢拼命，喜欢拼这一身瘦老骨头。

他们称这个为"骨气"。


## 追悔的心情

文／（台湾）席慕蓉


一位哲学家告诉我，世间有三种人。一种是极敏锐的，因此，在每一种现象发生的时候，这种人都能马上做出正确的反应，来适应种种变化，所以他们很少会犯错误，因而也不会有追悔和遗憾。另外有一种人是非常迟钝的，遇到任何一种现象或是变化，他都不知不觉，只顾埋头走自己的路，所以尽管一生错过无数机缘，却也始终不会觉察自己的错误，因此，也更不会有追悔和遗憾。

然后，哲学家说：所有的艺术家都属于以上二者中间的一个阶层，没有上智的敏锐，所以常常做出错误的决定；但是，又没有下智的迟钝，所以，在他的一生中，总是充满了一种追悔的心情。然而，就是这种追悔的心情，才产生了那么多美丽的艺术作品。

# 人生没有草稿

编译/知 知

有位书法家对一位用废报纸练字的人说："如果你用最好的纸来写，你可能会写得更好。"

那个人很好奇地问原因。

书法家笑而不语，只写了一个"逼"字，那人顿悟，这是让他借纸逼迫自己写好字。年少时我练字，听老师多次说起，觉得平淡无奇，不可理解。蓦然回首，才知其蕴意深刻。

记得有这样一则谚语："如果你想翻墙，请先把帽子扔过去。"因为你的帽子在那边，你已经别无选择，必须想方设法地翻过去。正是有了逼迫，才会尽力发挥自己。许多时候，我们总把希望寄托在明天，总觉得自己的人生草稿还有很多。其实属于我们的人生草稿是极其有限的。

对人生而言，最重要的是怎样在有限的纸上写出最好的字，而不是你花费了多少纸。

# 人活着不全是为了享福

文/董 桥

张者问杨绛："你们那一代知识分子1949年完全可以离开大陆，为什么留下来了？"杨绛说："很奇怪，现在的人连这一点都不理解，因为我们爱我们的祖国。当时离开大陆有三个选择：一个是去台湾，第二个是去香港，第三种选择去国外。我们当然不肯和一个不争气的统治者去台湾；香港是个商业码头，我们是文化人，不愿去。"张者问："为什么不出国呢？"杨绛说："我们的国家当时是弱国，受尽强国的欺凌，去外国做二等公民我们当然不愿意。"张者问："当时外国聘请你们，你们都拒绝了？"杨绛说："很多外国人不理解我们，认为爱国是政客的口号。政客的口号和我们老百姓的爱国心是两回事。我们爱中国的文化，我们是文化人。"

张者问杨先生："国内历来的政治运动让你们吃了不少苦，现在后悔吗？"杨先生说："没有什么后悔的，人活着不一定全是为了享福。"这才是人话。

# 英雄与圣贤

文／（台湾）南怀瑾

英雄与圣贤的区别：英雄能够征服天下，不能征服自己，圣贤不想去征服天下，而征服了自己；英雄将自己的烦恼交给别人去挑，圣贤是自己挑尽了天下人的烦恼。

换句话说，英雄可以施劳，把自己的理想建立在别人的烦恼、痛苦上。圣贤则不想把自己的烦恼、痛苦放在别人的肩上，而想担起天下人的烦恼和痛苦。

# 木心说人生

文／木 心

老好人，滥好人，处处讨人之意，成人之美，真要他襄一善举，积一功德时，他笑嘻嘻地挨到角落里，转眼影儿也不见了。

妙的是真有"小聪明"这样一个类族，遇事伶俐过人，动辄如鱼得水，差不多总是中等身材，不瘦不肥，面孔相当标致；如果无机会作祟，倒也花鸟视之，看在眼里不记在心里；可是"小聪明"之流总归要误事坏事败事，只宜敬"小聪明"而远之，然后，又远之。

那些飞扬跋扈的年轻人，多半是以生命力浑充才华。最高的不是神，而是命运。神也受命运支配——古希腊人如是解，余亦如是解。命运无公理，无正义，无目的，故对之不可思，遇之不能避。

# 权力和暴力

文／蒋骁飞

"二战"期间，德国企业家奥斯卡·辛德勒来到被德军占领的波兰。在这里，他每天都能看到令人发指的残酷屠杀，让他内心备受煎熬。

一天，辛德勒问一个纳粹军官："我们为什么要杀掉那么多无辜的人？"

纳粹军官得意地笑道："因为我们征服了他们的国家，我们有权力杀死那些不听话的人。"

"不，这不是权力，而是暴力！"辛德勒使劲地摇了摇头，说："一

头狮子可以轻而易举地咬死我们中的任何一个人，是不是它就比我们更有权力？"

纳粹军官惊讶地追问："那什么才是权力？"

辛德勒走到一间囚房前，指着里面的犹太人，对纳粹军官说："当有人要处死这些人，你却能赦免他们，这才是权力！"

# 智　慧

文／邓　刚

有智慧不等于有道德，也就是说有智慧的人不等于好人。具有讽刺意味的是，坏人比好人更有智慧——坏人近于"精"，好人近于"傻"。一百个好人当中，有智慧的可能只有十个人，而一百个坏人当中几乎百分之百地都有智慧，否则他很难成为坏人。

所以，智慧真是可怕又可爱，有智慧的好人会创造出巨大的价值，有智慧的坏人却会带来巨大的灾难。但我并不悲观，虽然有智慧的坏人很危险很阴险，但由于他们的能量是围绕自己旋转的，最终是百分之百地将自己转进陷阱里；而有智慧的好人能量四射，温暖众生，最终会使他和这个世界都闪现精彩。

# 箴 言

文 / ［不丹］宗萨钦哲仁波切

不要堕入期望的牢狱，期望会毁坏很多东西，因为期望不能总被达到。如果有 20% 能达到，就已经是值得庆幸的事了。

儒家的价值观重要，但是我很怕我们会慢慢失去这些价值观。就像日本，我看到他们在修路的时候，两个人在修路，四个人在马路两边对过路的人道歉。从经济的角度看，两个人在修路，四个人在那边道歉，成本太高了，可这是非常好的价值观。我希望不只是中国，所有的国家，都不要失去这些表面上看来没用的东西。

人生有什么目的是错的，人生不需要总是有目的。


# 成 熟（外一则）

文 / ［美］王鼎钧

如果你是一个蚌，你愿意一生受尽痛苦而凝结一粒珍珠呢，还是不要珍珠，宁愿舒舒服服地活着？

如果你是一只老鼠，你突然发觉你已被关进那个叫"捕鼠器"的铁笼，而你的面前有一块香喷喷的蛋糕。这时，你究竟吃蛋糕呢，还是不吃？

早期的"扑满"都是陶器，一旦储满了零钱，就要被人敲碎。如果有这样一只扑满：一直没有钱投进来，没有物尽其用，一直"瓦全"到今天，它就成了贵重的古董。你愿意做哪一种扑满？

年轻的朋友们，你把这三个问题抄下来，把你的答案写上去，放在箱子里，谁也别让看。三年后，把它取出来，重新回答一次，你猜怎么样？第二次的答案和第一次的答案不同。

你把试题藏好，再过三年。你猜怎么样？第三次答案又和第二次答案不同。

直到有一天，你的答案不再变动，由第 X 次到第 N 次，完全相同。那就是你成熟了。

## 命运

《老人与海》描写一个经验丰富的渔人，在海上架着钓竿抛下钓饵，漂流了几十个昼夜，终于捕得一条大鱼，打破了一切渔夫的纪录。这个伟大的渔翁抛出钓丝以后，水面以下，属于命运，"因为不知道什么时候有鱼上钩，也不知道上钩的鱼究竟有多大"。水面以上，属于意志，"他要端坐船尾，昼夜守候，虽然极其疲劳辛苦，但他绝不终止"。

强调命运支配一切的人，会说渔夫可以高卧舱中，任其自然；另一种完全相反的论调则说，只要人出海，必定可以捕到一条鱼比你的船还长。这两种说法，都不能给人生正确的指导。唯有两者折中、调和、兼顾，庶乎近于古人说的"尽人事，听天命"。

# 不必对没做过的事深感后悔

文 / ［德］尼 采

人是种不可思议的生物，总是恣意判断行为的大小，譬如：完成一件大事，或是只做了些微不足道的小事。

更不可思议的是，人会后悔自己没做过的事。明明没做过，却从心底认为自己错过一件大事，懊悔自己当初如果做了，肯定会有很大的转变。

人以为自己可以判断行为的大小，甚至以为所谓的大小就是真相。

殊不知自己以为的小事，对别人来说，可能是件大事。反之亦然。

总之，衡量过去的行为一点意义也没有。

# 比别人做得少

文／且　庵

张火丁的戏我喜欢看。如今程派唱得好的，着实有几位，但她的味道，就是和别人不一样，听她唱，能把你整个身心全听空了。

写她的文章，只要碰到，也一定是要翻翻的，《天生青衣张火丁》这篇文章，是最近看到的。文章里有人评价张火丁："我喜欢张火丁，不是因为她在舞台上比别人做得多，而是因为她比别人做得少。"说像她这样在舞台上以简胜繁、以静制动、懂得克制和收敛的演员，非常少见。评价张火丁的文字，我看过不少，"她比别人做得少"这一句，最到家。

其实，她比别人做得少的，还不止在舞台上。她哥哥说，几家电视台请她做访谈，她都不肯去。她自己说："到现在我也没有电脑，不会上网。"戏里戏外都能这样"做得少"，难怪台上台下的她都很耐看，难怪那么多观众喜欢她。做戏做人，能比别人做得多，可能是本事；肯比别人做得少，怕就是境界了吧。

# 有担当的桥

文／倪西赟

乌拉是欧洲一个水上旅游小镇。人们出行靠船靠桥，生活悠闲安逸。

在这座水之小镇，最大的特色就是各式各样的桥，处处或横或卧，或高或矮。但你在这个小镇，看不到一座新建的桥。你所看到的这些桥，都是几十年甚至是几百年前建造的。

古桥经过岁月的日晒雨淋、河水浸泡以及洪水不停地侵蚀，但依然坚固挺立。

更让人感到好奇的是，无论大桥小桥，在最显眼的地方，不是悬挂巨大的广告，而是刻着这座桥设计者的名字、施工单位的名称，还有所有施工者的名字。这让人感觉到乌拉小镇政府对设计者、施工单位、施工者是多么尊重。

可当地的导游却给我这样一个答案：在桥上刻上他们的名字，并不是为了让他们多有成就感，而是在增加他们的责任感——当桥有质量问题的时候会追究责任。

每座桥上刻上他们的名字，是让他们承担一种责任，一种永远也推卸不掉的责任！更是让他们在建造桥的时候，倾尽其所有智慧，力求尽善尽美地把桥的质量和安全放在首位，做好每一个细节，不让桥在建成之后有"后顾之忧"。所以，乌拉镇的桥，每一座都倾注了建设者的心血和智慧，每一座都是有担当的桥。

# 微不足道的事情

文／周国平

一个善于反省的人，在他生命中的某一天，突然省悟到自己迄今所做的全是微不足道的事情。他想到生命的短暂，不禁为自己虚度了宝贵的光阴而痛心。于是他发誓用剩余的生命做一件有价值的事情。许多年过去了，他一直在寻找那件足以使他感到不虚此生的最有价值的事情。可是，他没有找到。结果，他什么事也没有做，既没有做微不足道的事情，也没有做最有价值的事情。

终于有一天，他又一次反省自己，不愿再这样无所事事地生活了，人活着总得做点什么，既然找不到最有价值的事情，就只好做微不足道的事情。所以，现在他怀着一种宿命的安乐心情做着种种微不足道的事情。

## 代 价

文／黄小平

有三位跋涉者结伴而行，上帝为了考验他们，在他们前进的途中设置了一座独木桥，桥下是无底的深渊。

第一位跋涉者，没有丝毫犹豫，他勇敢地踏上了独木桥，结果顺利地通过了。第二位跋涉者来到独木桥边，见桥下是万丈深渊，不由得心生胆怯，迟迟不敢过桥，最后在第一位跋涉者的鼓励下，还是踏上了桥，尽管在桥中被一根刺划破了脚掌，但毕竟还是有惊无险地通过了。可第三位跋涉者却死活不敢过桥。这时，天渐渐黑下来，身后响起了凄厉的狼嗥，第三位跋涉者被逼得没有了退路，只得壮着胆子，双脚颤抖地踏上了桥，可没走几步，就掉入了桥下的深渊。

一位天使见了这一幕，不解地问上帝：为什么让第一位跋涉者顺利

通过，给第二位跋涉者一点小小的麻烦，却让第三位跋涉者坠入无底的深渊呢？

上帝说：我无非是想告诉人们，在困难面前，回避的时间越长，付出的代价就越大。

## 比

文／牧心泉泉

"哈根达斯"不是不好吃。只是，几百元一餐带来的满足，比不上年幼时三分钱一根的冰棍。

在弥漫着钢琴曲的咖啡厅来一杯卡布奇诺感觉不错；那香醇泡沫膨胀出的欣喜，远不及登山途中邂逅的一捧清泉。

水晶玻璃瓶里的名贵香水确实撩人鼻息；可是，化学制剂混合出的芬芳，真不如原野小花那般鲜活自然。

乘着"奔驰"，隔离了风吹日晒和严寒酷暑；然而，这一份优越和舒适，抵不过当年坐着旧摩托与他兜风时贴紧彼此心跳的甜蜜。

谴责这无休无止的欲望，得到了需要的，却遗失了喜欢的。

# 不 欺

文／李浅予

胡适去英国时正逢第一次世界大战停战纪念日。纪念方式是撞钟，听到钟声的人要停下手头工作，静默一分钟。

胡适看到一个漆匠提着油漆登梯子上墙，这时钟声响起，漆匠一手扶梯，一手提着漆桶，停在梯子中间，低头默祷。过了一分钟，他才提着油漆，继续工作。

这种不欺暗室的自觉让胡适震惊。

1886 年，为庆祝美国独立 100 周年，法国人送给美国一件珍贵的礼物：自由女神像。

自由女神像落成 40 多年后的一天，美国一位剧作家乘直升机看到了"女神"全貌，他清楚地看到了雕刻精美的女神像，就连她头饰的做工都十分精美，没有丝毫瑕疵。

在建造自由女神像时，雕刻家不会想到几十年后人类会发明直升机，可他们并没有因当时的人们看不到，就忽视了对自由女神像头顶的雕刻。


# 出 走

文／亦 舒

某子幼时顽劣，动辄离家出走，可是到了黄昏，也就自动回家。他父亲讽刺他："没地方吃饭是吧？"

真是的，拂袖而去，拍案而起，当然潇洒有型，谁不想那样做？人一受委屈，自然统统是龙搁浅水、虎落平阳，怀才不遇，走，走出去！

可是，到什么地方去开饭呢？肚子会饿呀。

杀了身成了仁不打紧，都只为了争口闲气。丢了差使，窝囊猥琐地去到更下流的地方，可真活该。

成年人应当知己知彼，离开了浅水，逃脱平阳之后，是否能够腾空飞跃，三五年间，已经很清楚。倘若依然故我，无丝毫长进，那就是阁下对不起环境，而不是环境对不起阁下。

没有才，没有情，要什么性格？不如好好珍惜手头已拥有的人与事，失意之际，练习忍耐。

走，一开门就可以走掉。门砰一声关上，门锁立刻换掉，再也回不去。

武艺高强者当然不怕，此处不留人，自有留人处，练得更茁壮才衣锦还乡，扬眉吐气。

走之前要研究一下个人能力。


# 实 用

文/管 庸

胡适的老师、美国哲学家约翰·杜威曾经说过："一件事若过于注重实用，就反为不切实用。"

杜威先生的话，曾让我反复揣摩。人来到世上走一遭，大抵是为了体悟造化的神奇的。过于注重实用，其实是把人生看成一场交易，把个人当成了实现某种利益的工具。

这样的人是粗鄙的，这样的人生是悲剧的。

# 我随众人

文／黎武静

米芾——这位素有"米癫"之称的画家非让苏轼在大家面前评价自己，"众人皆言我癫狂，东坡兄怎么说？"苏东坡不紧不慢地答道："我随众人。"

答得真是妙，笑倒众人。这般清爽宜人的四个字，我很是喜欢了一阵子。跻身于人海中，平平凡凡，"我随众人"也是一件极庆幸的事。

后来看《世说新语》，却一改初衷，爱上另一段文字，另一种处世态度。晋明帝时的护军将军庾亮，托桓廷尉帮他寻个助手。桓廷尉推荐了徐宁，他的推荐语是："人所应有，其不必有；人所应无，己不必无。真海岱清士。"

这是一种多么孤标自在的人格，不急不躁，不骄不馁，以一种自在悠游的态度在世间行走。最大限度地保有自我，过一种独一无二的生活。

# 大成若缺

文／朱良志

老子说："大成若缺。"圆满原在残缺中。

人有悲欢离合，月有阴晴圆缺，缺处即是圆处。缺，是对完美的期望，在淡淡的忧伤中，有一种寂寞的美。

如篆刻，多在断处用心。断处见其胆、见其韵。印家有这样的话："与其叠，毋宁缺。"没有缺，就没有篆刻艺术。缺是一种引领，而不是抽刀断水式的毅然截断。缺更是一种烘托，美不在缺本身，缺提供了一个背景，一个呼应圆满俱足的背景。

# 积雪分几层

文／孙君飞

在美术课上，老师让我们画积雪。

这个容易，我很快画出了自己心中的积雪图，也很满意，但老师接下来的询问让我怔住了："你很好地画出了一层积雪，可是那么多雪花落下来，是不是真的只有一层？"

积雪难道不是只有一层，而有许多层吗？

"我给你背一首诗吧，"老师看着我的眼睛，微笑着说，"上层的雪很冷吧，冰冷的月亮照着它。下层的雪很重吧，上百的人压着它。中间的雪很孤单吧，看不见天也看不见地。"

老师竟真的将积雪分了层："很冷的"、"很重的"和"很孤单的"，一下子让我从中感受到了一种极美的善良和慈悲。我深深地感动着，想用手捂捂"很冷的积雪"，下次踩到积雪时也要放轻脚步，还要多多地陪伴那些"很孤单的积雪"，给它说话、唱歌、讲故事，也静静倾听它之前没有机会诉说的心事和秘密——我甚至会为积雪们画出心的温暖、歌声的轻盈和有些积雪看不到的天和地，让上层的积雪讲给中层的，中层的再讲给下层的。

有一次，一个朋友在我们面前突然显得很脆弱，他又是抱屈，又是自责，呼啦啦倒出了平时根本不会摆到人前的一大堆话。看到他涌出的眼泪、躲闪的目光和微微颤抖的手指，我突然感到他既熟悉又陌生，有一刻我甚至想躲开。但最终我还是忍住了。而旁边的一个朋友竟对他说："你真不是个男人，我瞧不起你，这些年算看错了你！"

我为什么能够忍住，将这个朋友的话听完？正是因为我想起了为积雪分层的那一课，我想：他肯定不会只有这脆弱的一层，他还有坚强的一层、勇敢的一层、执着的一层、乐观的一层……此时此刻他确实只显出脆弱的一层，我却万万不能认为一个层层叠叠的生命就真的被冻结成令人失望的一层单薄。生命是丰富的，也是复杂的，而有的人常常顾此失彼，一叶障目不见森林，会造成对他人的许多误判误解，留下多少遗憾和空响？

我想到这里，忽然明白面前的朋友也是我啊，他的脆弱也是我的脆弱，我能够看出其他的层次，也是在理解和善待自己啊。我甚至能从他的示弱中看出他的坦诚和信任，一下感动起来，将心比心地劝慰他、鼓励他。

这个朋友竟笑了，说："我只是说说，生活该怎样还要怎样，谢谢你！"

连看似只有一层的积雪都能够分出三层来，何况远比积雪丰富和复杂的生命呢！

# 主　见

文／林特特

他被公认为没主见。

打麻将，出一张牌要考虑 5 分钟，还要环顾左右问参谋；点菜，决定去哪儿玩，选择看哪部电影……凡是需要作决定的事，他都是一句"随便"或"你说呢"。

一次，有人借用广告语笑话他，"男人，要对自己狠一点儿！"他呵呵笑，一个小姑娘轻拉我衣角，"我最讨厌这种没主见的男人！"

一日，我遇到他的妻子，她提起他们的婚姻。

当年，他与妻子在一次旅行时相识，旅行结束，两人心心相印。表白、交往、谈婚论嫁，该见父母了，她却退缩。几番闪躲后，她和盘托出，她患乙肝大三阳，前几次失恋皆因于此。她哭了，"就算你不在乎，你的家人也不可能不在乎。"

他的家人确实在乎。他母亲劝说无效，不想和他闹僵，只警告：如果你们在一起，就得做好不要孩子的准备。

"那就不要呗。"他慢吞吞，倒不温吞吞。他们结婚了。"如果不是他坚持，我们之间根本不可能。"他的妻子感动至今。

他们还是有了孩子，在结婚 5 年之后。

期待新生命的过程，比一般人多了波折。怀孕第四个月，他的妻子被查出转氨酶过高，这意味着孩子遗传乙肝的概率很大。一个深夜，全家人开会，妻子想到因乙肝受到的种种歧视，应了众人，"明天去流产"。

可他一再说，等等，再等等，也许情况有变化，要给孩子一个机会。

和在婚姻问题上一样，所有人的反对都无效，他带着妻子寻医问药，再检查时，指标下降。几个月后，孩子出生，一年后，孩子体检合格，他才被认为是对的。

"如果没有他，儿子的小命都保不住。"他的妻子不禁后怕。

我和他的妻子聊这些时，他刚换了工作——

他在单位做 HR，已任副职，但上级机关突然要成立计算机部，在全系统内招考，他报名参加并获得第一名。

我知道，他原是计算机专业毕业，当初择业时，没有对口的单位和部门。却不知道，原来这么多年来，他仍订阅计算机方面的期刊，时刻关注业内动态，有时，还在网上做威客。"他说，钱多钱少无所谓，最

重要的是不至于手太生。"他的妻子告诉我，"他是真喜欢计算机，现在这个机会，他等了很久。"

我认识他超过 20 年，习惯了他说"都行"、"随便"、"你说呢"。我一直以为他优柔寡断、没有魄力，是个好好先生，一如小姑娘对他的评价，"没主见"。可告别他的妻子，我想了很多——

太多的人，大事没主意，小事不凑合，越是琐事，他们越力求身边人按自己的想法来，频繁行使决定权并认为这就是有主见。其实，生活中大部分的事情，行事按此意见还是彼意见没有本质的差别，一个人一生需要表达主见的事不过关键的几件。比如，和什么人一起生活，从事什么工作，明白自己喜欢什么，想得到什么，需要维护什么。

而决定一个人一生是否幸福的，也不过这几件事吧？

"他是一个有主见的男人，他坚持的事自有他的道理，谁反对也没用。"他的妻子说。

那个有主见的男人，让他的妻子对所有未知的、未来的、将要共度的生活充满希望，那么笃定。

# 人生的极昼

文／薛　峰

如果让你选择：在南极生存的最大威胁是什么？冰川、寒冷？还是食物、极昼？

相信很少有人选择极昼。毕竟在大家的意识里，在南极，皑皑的冰川、极度的寒冷和急缺的食物一定是考察人员面临的最大挑战。但事实上，南极考察人员的最大挑战并不在于这些，而是那里的极昼。

一位南极科考专家说，在南极，每当出现极昼时，没有了黑暗，也就没有了日期，工作人员连续几十天都生活在金灿灿的阳光下，人的生物钟一下子就彻底紊乱了，你困顿，你疲倦，但除了昏迷，你怎么也睡不着。因为人们都习惯了在夜晚的黑暗中睡觉，一旦失去了黑暗，那四周皑皑白雪和灿烂阳光交织折射出的亮度让人很难闭上眼睛，即便你能睡着几分钟，也犹如在煎熬。极昼让人筋疲力尽，让人精神焦虑，让人神经系统紊乱，让人在整个南极大陆无处藏身。

　　为了度过极昼期，考察人员做过很多尝试，包括加厚帐篷，增强帐篷内的阴暗度，其至实验过在冰川和积雪下穴居等，但结果都不理想。凡是到过南极经历过极昼的人，他们最大的愿望就是能够见到夜色，见到黑暗，这是他们生命的渴求。

　　黑暗成了生命的急需。如果没去过南极，是怎么样也体会不到的。但事实上，在我们每个人的生命里都经历过极昼现象，有时苦难像皑皑白雪一样直刺你的眼，有时幸福又像灿灿阳光一样紧逼你的内心。所以对待人生中的那些坎坷、磨难，抑或好运、甜蜜都应该坦然处之，它们共同构成了生命的昼夜，缺一不可。


# 生命的真谛

*文／［日］渡边和子　编译／烨　伊*


　　"一个人知道自己为什么而活，就可以忍受任何一种生活。"这是哲学家尼采的话。当一个人有了必须活下去的理由，则无论情况多么艰难，都能找到活下去的办法。

　　从纳粹集中营死里逃生的精神科医生维克多·弗兰克尔在其著作《死与爱》中，讲述了一个囚徒与上天订下契约的故事。多亏了这契约，这名囚徒才能忍耐纳粹集中营的极端条件，最终存活下来。

囚徒在契约中和上天做了一笔交易。内容是："如果我注定要死在这里，那么请以我的死来延长我亲爱的母亲的生命。"此外还约定，"在我死之前忍受的磨难越多，我母亲死前承受的磨难就越少。"

这样一来，他的死和承受的磨难就都有了意义。如此这般，他才能熬过磨难重重的集中营生活，面对死亡也甘之如饴。就这样，他在集中营中毫无意义的生命，也因为被赋予了上述使命，而变得意义非凡。

没人知道当他与上天订下契约时，同在集中营中的母亲是否依然在世。但使这位囚徒免于奔向带有高压电的铁丝网，将他从自杀的命运中拯救出来的，正是这种抛却生死、从精神上为所爱的人牺牲的快乐和使命感。

忍辱负重，遂成可能。

# 国民性缩影（外一则）

文／周国平

一家小饭店，两个外国人坐着吃面条。邻桌上，一个醉汉破口大骂洋人和洋奴。外国人吃完了，回过头向醉汉借打火机，醉汉立刻住口，送上打火机。外国人走了，走到门口，醉汉冲着他们的背影啐了一口唾沫，接着又开始骂。刚才是骂洋人有钱，现在是骂："两角钱吃一碗面条，还不如我！"

——小市民式的爱国主义的缩影。

他们刚上车，彼此争行李架，像仇敌。车开了，安定下来，为了解闷，彼此搭话。其中一位到站了，另一位就从他们曾经争夺过的行李架上，帮他搬下行李，送到车门口，如同老朋友。

——狭小的空间强迫人们竞争，也强迫人们去亲近。

人之常情是喜欢接近成功的人、走运的人，而避开失败的人、倒霉的人。这倒未必出于趋炎附势的算计，而是出于趋利避害、趋乐避苦的本能。成功者的四周洋溢着一种欢快的气氛，进入这氛围似乎便分享了他的欢快。而失败者即使不累及旁人，他的那一种晦气也够令人压抑了。情绪是会传染的。每个人自己的烦恼已经嫌多了，谁又愿意再去分担别人的烦恼呢？

——当然，我只说人之常情，不包括超出常情的特殊情形。

## 不公和不义

孟德斯鸠说：对一个人的不公，就是对所有人的威胁。为什么？因为对一个人的不公，所显示的是制度的逻辑，可以用来对待所有人，无人能保证自己幸免。

我想补充说：对一个人的不义，就是对所有人的侮辱。为什么？因为对一个人的不义，所显示的是人格的卑劣，他不只是在侮辱某个具体的人，而是在侮辱普遍的人的尊严，这个尊严是在所有人身上都存在的。

所以，看见不公，我们要警惕制度，看见不义，我们要当心小人。

# 可怕的体制化

文／王圣强

在电影《肖申克的救赎》中，有一位叫布鲁斯的老囚犯，在监狱中关了五十年，晚年释放。这位老囚犯却不愿意离开监狱，试图以刺杀狱友的行为换得继续服刑，在其他狱友劝说下，他在痛哭流涕中放下了刀子。他最终还是被释放，却因无法适应外面的生活，上吊自杀。

作为一个正常人，都是向往自由的，谁也不想在监狱关一辈子，但布鲁斯差不多在监狱关了一辈子，监狱是他唯一熟悉的地方。对这种失去自由的生活，一旦习惯了，也竟喜欢上了，还你自由了，反倒无所适从，排斥自由。在电影中，另一个囚犯瑞德解释说，这就是被"体制化"了。体制是一面墙，刚开始你会恨它，一旦走进去，时间久了，慢慢你就会喜欢上它，不得不依靠它生存。

我看过一个资料，说在古罗马的皇宫里，有一个猴子戏团，但凡进入这个戏团的猴子，必须要把尾巴铡掉，被铡掉尾巴的猴子，无尾巴可翘，便老实得多，更容易驯化。最初是由人类来铡猴子的尾巴，久而久之，这一切就不用人类来动手了。先去的被铡了尾巴的猴子接受了这个规律，便主动抬起铡刀按住新来的猴子把尾巴铡掉，看着它哀号拍手大笑。当然，这只新来的猴子"媳妇熬成婆"的那天也会这么对待后面新来的猴子，这个戏团只要存在，铡尾巴的游戏就会一直延续下去。就跟旧社会女人裹小脚一样，一旦活在这个体制下，不用别人拿鞭子抽你，你自己就会咬着牙往紧了缠了。

可见体制会麻木人们的精神，即使是最残忍的行为，也会一以贯之地传承下去，一旦习以为常，也就不以为恶了。

# 功　利

文／李利忠

钱穆先生20世纪40年代曾说："从鸦片战争五口通商直到今天，全国农村逐步破产，闲散生活再也维持不下来了，再不能不向功利上认真，中国人开始正式学忙迫、学紧张、学崇拜功利，然而忙迫紧张又哪里是生活的正轨呢？功利也并非人生之终极理想，到底不值得崇拜，而且中国人在以往长时期的闲散生活中，实在亦有许多宝贵而可爱的经验，还常使我们回忆与流连。这正是中国人，尤其是懂得生活趣味的中国人今天的大苦处。"

不想80年过去，如今满目都是急吼吼的功利心，以至于面对即将毕业的高校研究生们，作家王安忆苦口婆心，再三表示："建议你们不要尽想着有用"，"希望你们不要过于追求效率"，"劝你们不要急于加入竞争"。

# 孩子的价值观

文／[日]渡边和子　编译／烨　伊

一位母亲带着三岁大的孩子从正在进行水管作业的工人们身边路过，边走边告诉孩子："多亏了叔叔们这样辛苦地劳动，宝宝才能喝上甘甜的水哦。来跟叔叔们说句谢谢再走吧！"

又有一位母亲带着自己的小孩从同一个地方经过，这位母亲这样对孩子说："宝宝要是不学习，长大就只能干这种活哦。"

价值观就是这样由父母教给孩子的。第一位母亲在孩子的心中种下了人与人需要相互扶持、对劳动心存感激的观念。而第二位母亲则赋予孩子对职业的偏见以及以学历论高低的价值观。

# 别让内存替代了大脑

文／南　桥

圣诞节时，简妮尔·霍夫曼给13岁的儿子买了个智能手机作为礼物，同时附加了"使用条款"，帮助他更纯粹地使用。规则里的其中一条是，"无须拍摄成千上万的照片和录像，活出这些体验更重要，它们会永远存在于记忆里"。

说来惭愧，我自己就喜欢用手机随手拍。美国天高云淡，空气清新，处处是风景。每当文字力不从心时，上张图片，胜过千言万语。

中国手机普及率居世界前列。聚会吃饭，菜刚上桌，一群人就围起来争相拍照发微博。有的"低头族"吃饭中开小差，拿出手机看这看那，饭也吃得不尽兴。为了避开这高科技的围攻，洛杉矶一家餐厅规定：如果客人餐前将手机交给餐厅保管，账单将打9折。

不去拍菜，菜吃起来更香。简妮尔的妈妈说得有道理，"去活出这些体验来"，把记忆交给大脑而不是内存。

万物有闲时，人也该有不插电的时候。高晓松说他坐牢的时候最开心，恐非矫情。日子若被电话短信微博切割得一地鸡毛，也是一种悲催。手机带给我们世界的纷繁，秀才不出门便能知天下事，此实为祝福。可天下事不论大小，都推到你的视野里，不关注也得关注，何尝不是痛苦？没有我们的时刻关注，太阳照样升起。天天看姚晨感冒好了没有，不过是在低头看他人的生活。怎舍得让自己的日子，从身边悄然溜走？

# 不阅读的中国人

文／[印度] 孟莎美

从德国法兰克福飞往上海的飞机上。正是长途飞行中的睡眠时间，机舱已熄灯，我蹑手蹑脚地起身去厕所。座位离厕所比较远，我穿过很多排座位，吃惊地发现，我同时穿过了很多排 iPad——不睡觉玩 iPad 的，基本上都是中国人，而且他们基本上都在打游戏或看电影，没见有人读书。

这一幕情景一直停留在我的脑海里。其实在法兰克福机场候机时，我就注意到，德国乘客大部分是一杯咖啡、一份报纸、一本书，或者一部 kindle、一台笔记本，安静地阅读或工作。中国乘客也有阅读和工作的，但不太多——大部分人或者在穿梭购物，或者在大声谈笑和比较价格。

中国是一个有全世界最悠久阅读传统的国家，但现在的中国人却似乎有些不耐烦坐下来安静地读一本书。一次我和一位法国朋友一起在上海虹桥火车站候车，这位第一次来中国的朋友突然问我："为什么中国人都在打电话或玩手机？没有人看书！"

我一看，确实如此。人们都在电话上（大声谈话），不打电话就低头写短信、刷微博或打游戏——或喧嚣地忙碌，或孤独地忙碌。在欧洲，火车的速度也许已经没有中国快，火车站的现代化程度也许不再领先，但大部分人是在阅读中度过等待的时间，即使打电话也是轻声细语，生怕吵到了身边乘客宁静的阅读。

当然，我知道中国人并不是不读——很多年轻人几乎是每10分钟就刷一次微博或微信，从中获取有用的信息。但微博和微信的太过流行也让我担心，它们会不会塑造出只能阅读片断信息、只会使用网络语言的下一代？

真正的阅读是指，你忘记周围的世界，与作者一起在另外一个世界里快乐、悲伤、愤怒、平和。网络侵蚀阅读是一个全球化的现象，并不只是中国才有。但有阅读习惯的人口比例在中国庞大的人口当中，显得尤其稀少。我其实更想说的是，当下的中国，缺少那种让人独处而不寂寞、与另一个自己——自己的灵魂对话的空间。生活总是让人疲倦，我们都需要有短暂的"关机"时间，让自己只与自己相处、阅读、写作、发呆、狂想、把灵魂解放出来，再整理好重新放回心里。

或许我们对于一个经济还在迅速发展的发展中国家不应过分苛责——过于忙碌是压力所迫，并不是一种过错。但我只是忧虑，如果就此疏远了灵魂，未来的中国可能会为此付出代价。

# 官人、商人和情人

文／吴伯凡

黎鸣老先生认为人可以分为三种：官人、商人和情人。当然，有些人可能是两种心智模式混在一起的。

第一种人是官人，他们很能吃苦，很能受累，也没有多少钱，但是他们所做的事情都会指向一个东西——在人群中的影响力。对于一些有可能影响到他们权威的事情，他们会立刻暴跳如雷。这种人很快会成为人群中的领袖，他们不在乎钱，但不能伤害了他们的权威性。就像猛兽划定自己的地盘一样，他们的权威绝对不容侵犯。当他们还小的时候，他们就善于组织，想出点子，组织大家去玩游戏，积极主动甚至超额完成老师交代的任务。他们的特点是爱张罗，权威意识很强、地盘意识很强，党同伐异，罩着顺着自己的人，干掉逆着自己的人。

第二种人叫商人，他们总能用别人的钱来为自己赚钱，用未来的钱来挣现在的钱，最高级的是用别人未来的钱来挣自己现在的钱。比如说这个东西他买不了，他就先向别人借点钱买下来，再用一个对冲的方式把它消化掉。商人的第二个特点是，他们总能把自己的优势和价值表述得非常清楚。他把一个东西卖给你时，让你觉得自己好像捡到了一块宝，而当他买你的东西时，他能迅速戳穿你的价值，让你觉得他愿意买你的东西是你的幸运。

商人有个特点，他们总能替别人考虑问题，因为他们知道生意要长期做下去，所以他们不那么讲面子，不那么讲自尊，他们看重的是可持续的交易。商人的核心关键词是发现价值。

第三种人叫情人，不是男女之情的那种情人，而是指作家、艺术家、文人以及公司里营销部门的员工。他们做事情主要是出于某种爱好、趣味和美学意味，推动他们前行的是他们强大的理想主义情怀，或者是某种美学意义的东西。

官人、商人、情人对应的是三种人格，用这个划分来观照自己的话，我们就知道如果自身是一个性情中人，就不必非得追求去当官或是做生意，因为每次遇到困难的时候，我们总会自问：干吗要委屈自己呢？

# 女 人

文／梁实秋

有人说女人喜欢说谎，假如女人所捏撰的故事都能抽取版税，便很容易致富。这问题在什么叫作说谎。若是运用小小的机智，打破眼前小小的窘僵，获取精神上小小的胜利，因而牺牲一点点真理，这也可以算是说谎，那么，女人确是比较富于说谎的天才。有具体的例证。你没有陪过女人买东西吗？尤其是买衣料，她从不干干脆脆地说要做什么衣，要买什么料，准备出多少钱。她必定要东挑西拣，翻天覆地，同时口中念念有词，不是嫌这匹料子太薄，就是怪那匹料子花样太旧，这个不禁洗，那个不禁晒，这个缩头大，那个门面窄，批评得人家一文不值。其实，满不是这么一回事，她只是嫌价码太贵而已！如果价钱便宜，其他的缺点全都不成问题，而且本来不要买的也要购储起来。总之，女人总欢喜拐弯抹角，放一个小小的烟幕，无伤大雅，颇占体面。这也是艺术。

女人善变，多少总有些哈姆雷特式，拿不定主意；问题大者如离婚结婚，问题小者如换衣换鞋，都往往在心中经过一读二读三读，决议之后再复议，复议之后再否决，女人决定一件事之后，还能随时做一百八十度的大转弯，做出那与决定完全相反的事，使人无法追随。女人不仅在决断上善变，即便是一个小小的别针位置也常变，午前在领扣上，午后就许移到了头发上。三张沙发，能摆出若干阵势；几根头发，能梳出无数花头；讲到服装，其变化之多，常达到荒谬的程度。

女人善哭。从一方面看，哭常是女人的武器，很少人能抵抗她这泪的洗礼。俗语说"一哭二闹三上吊"，这一哭确实其势难当。但从另一方面看，哭也常是女人内心的"安全瓣"。女人忍耐的力量是伟大的，她为了男人，为了小孩，能忍受难堪的委屈。女人对于自己的享受方面，总是属于"斯多亚派"的居多。男人不在家时，她能立刻变成素食主义者，火炉里能爬出老鼠，开电灯怕费电，再关上又怕费开关。平素既已极端刻苦，一旦精神上再受刺激，便忍无可忍，一腔悲怨天然地化作一把把的鼻涕眼泪，从"安全瓣"中汨汨而出，腾出空虚的心房，再来接受更多的委屈。

女人的嘴，大概是用在说话方面的时候多。女孩子往往从小就口齿伶俐，就是学外国语也容易朗朗上口，不像嘴里含着一个大舌头。等到长大之后，三五成群，说长道短，声音脆，嗓门高，如蝉噪，如蛙鸣，真当得好几部鼓吹！等到年事再长，万一堕入"长舌"型，则东家长，西家短，飞短流长，搬弄多少是非，惹出无数口舌；万一堕入"喷壶嘴"型，则琐碎繁杂，絮聒唠叨，一件事要说多少回，一句话要说多少遍，如喷壶下注，万流齐发，挡者披靡，不可向迩！一个人给他的妻子买一件皮大衣，朋友问他："你是为使她舒适吗？"那人回答说："不是，为使她少说些话！"

女人的聪明，有许多不可及处，一根棉线，一下子就能穿入针孔，然后一下子就能在线的尽头处打上一个结子，然后扯直了线在牙齿上砰砰两声，针尖在头发上擦抹两下，便能解决许多在人生中并不算小的苦恼，例如缝上衬衣的扣子、补上袜子的破洞之类。至于几根篾棍，一上一下地编出多少样物事，更是令人叫绝。有学问的女人，创辟"沙龙"，对任何问题能继续谈论至半小时以上，不但不令人入睡，而且令人疑心她是内行。

# 自我拥抱

文／（香港）李碧华

把双手环抱在胸前的人愈来愈多。从前社会实践比较淳朴热诚，人与人之间关怀不设防。今日双手环抱挡胸前，加上歪着头晃着身抖着腿，整个身体语言传达的就是敌意。这姿态是否很讨厌？但大家就这样与人相处，自以为很酷。

让我分析一下，也许内在有点别的意思。

心理学：这是无言"拒绝"。

生理学：双手覆盖最重要的位置——心脏，那是自然反应，保护自己。

阴谋论：双手环抱使对方看不到你的手掌，不知隐藏着什么武器或阴暗面。

不耐烦：演讲、上课、训话、电影……总之对面有人有影像但内容太沉闷了，自己又困囿一处，不够资格一走了之，又不能反驳抗辩，只好如此。

当我们感到寒冷或寂寞，不自觉地双手环抱于胸前，或是更紧一点搂着肩——那是最善感的位置，表达了珍惜、陶醉，"我还有自己"的坚强。

美国一家公司曾设计了内置蓝牙感应器的"拥抱T恤"，一旦接收到远方的讯号，穿衣者能感受到被人体肌肤触摸的温度甚至心跳。如果付不起高科技代价，就"自我拥抱"吧。

# 有力量的人

文／连 岳

世界无法阻止一个有力量的人，尤其是庸俗的世界。庸俗的力量看起来很强大，家人、同事、传统、未来似乎都由一个庸俗的国王统治着，你无处可逃，但是只要你反抗，这王国就像纸糊的一样虚弱。问题是：你敢不敢，你配不配？

不敢不配的人，有个常用的办法就是把责任推给其他人：我之所以不快乐，那是因为他们让我不快乐！我之所以不独立，那是因为父母老塞给我信用卡。

勇敢独立的人多了，世界自然更美更真诚。


# 扶起自尊

文／莫小米

他是我认识的最多才多艺的人，随便举几个例子。

象棋下得好。比赛得个把名次不稀奇，社区公园的象棋角，高手如云，他一走过去，啥棋局都能破解，啥怪人都能拿下。

吉他弹得好。流行、摇滚、蓝调、民歌……有时给人伴奏，有时自弹自唱，深情款款，魅力无穷。

如果以上属高雅爱好，有俗的吗？养狗也精通。他有一条金毛犬，一身金毛养得如缎子般润泽光亮，训练得既懂事又敏捷。

还有些"不务正业"的才艺。麻将，你还在做牌他已经和了；电脑游戏，打得出顶级装备。

要是你觉得他至多是个玩家，那么告诉你，实用技艺也在行。投资理财，房产过户，法律条款，汽车维修，他样样懂点儿，周围人遇事都去找他。

你会想，这个人既然这么聪明，要是兴趣不那么分散，或许成就会更高吧。

说出来，他的成就也蛮高，但不在才艺上。他是一位专职的帮教社工，帮教对象是吸毒者。

人总有点爱好，吸毒者也一样。

吸过毒的人，容易破罐破摔，他用了很多办法，效果不好。拜他们为师，是最后想出的一招。

喜欢吉他的，买一把来央求他教；象棋高手，拿个棋局去切磋；有个人过去是车行的，就去请教汽车维护；电脑游戏，是向一个16岁少年学的。

他做这工作10多年，老师有数百个。

帮教，唯有请教最管用，率先扶起了他们跌倒的自尊。


# 拯救一个还是拯救世界

文／七堇年


教授在课堂上问我们："知道中西方的思维方式有什么不同吗？"他开始给我们讲一个电影，革命教育片《大浪淘沙》里面有一个情节：旧社会，老师和学生一起在街上走着，看见一个乞丐非常可怜，学生立即给了钱。老师见状，说，我的哥哥病了，现在也急需钱。学生愣了一下，立马给老师钱。老师又说，我的姐姐也病了……如此几个来回，学生知道不对了。于是老师语重心长地说：只关注一个个独立个体，是拯救不完的。你要从上层建筑入手，改变了社会也就拯救了民众。学生遂幡然醒悟。

教授停了停，说："我再给你们讲一个电影，《辛德勒的名单》大家都看过吧？"我们都点头。教授继续问，"有谁记得，结尾的地方，那些犹太人集中了所有的金子给辛德勒做了一个金戒指，那个戒指上刻的字是什么？"

我们一片沉默，谁都想不起来了。教授说："刻的字是，You save one, you save the world.（拯救一个，就拯救了世界）。"

这就是中西方的不同。

# 从容与有情

文／（台湾）林清玄

有人问我，这个社会最缺的是什么东西？

我认为最缺的是两种，一是"从容"，一是"有情"。这两种品质是大国民的品质，但由于我们缺少"从容"，因此很难见到步履雍容、识见高远的人；因为缺少"有情"，则很难看见乾坤朗朗、情趣盎然的人。

社会学家把社会分为青年社会、中年社会、老年社会。青年社会有的是"热情"，老年社会有的是"从容"。我们正好是中年社会，有的是"务实"。务实不是不好，但若没有从容的生活态度与有情的怀抱，务实到最后只剩下柴米油盐酱醋茶，牺牲了书画琴棋诗酒花。一个彻底务实的人，正是死了一半的俗人，一个只知道名利务实的社会，则是僵化的庸俗社会。

# 怀旧与复古

文／马伯庸

孔夫子一生最大的梦想，就是克复周礼。他痛心于当时的礼崩乐坏，不停地感慨周代是多么美好，呼吁大家回归从前。孔夫子的这个观点，没人说不对，附和的也不少，但没人真的当回事——包括儒家自己。于是"克复周礼"渐渐成了一句口号，历朝历代全国人民都在喊，可喊完就算了。

真正差点把这件事搞成的，是王莽。王莽可以称得上是儒家的狂信徒，他篡夺了天下，手里有了大权，就真的打算把"克复周礼"这件事付诸实现，开井田、改官职、变币制，试图复古到周代的模样。结果大家都看到了，王莽被天下人群起而攻之，新朝一世仓促而亡。

孔夫子和王莽两个人的遭遇告诉我们，怀旧是一回事，复古是另外一回事，切不可混为一谈。

我曾经有个朋友，特别想念当年住胡同的岁月，左邻右舍一团和气，大树底下蒲扇躺椅，清幽狭窄的雨巷留下多少回忆。我问："要让你现在回去那时候，你愿意吗？"他开始说愿意啊，然后想了想，说："算了，大冬天半夜出去上厕所，太痛苦了。"

有个姑娘去西藏玩了一圈，回来以后很是感慨，说她遇到的藏民多么淳朴、精神多么富足，让她的心灵得到了一次洗涤。听完她感慨，有人问了一句："那你干吗不嫁过去常住那儿？"姑娘眼皮一翻，说："连卫生用品都买不到咋办？”大家一阵哄笑，这事就算是揭过了。

还有位大哥，屋里攒了一大堆 20 世纪 80 年代的磁带、文具盒、旧书、贴纸。我问：“你是不是特怀念小时候？”他说：“是。”我问：“你想回去吗？”他笑：“之所以怀旧，就是因为知道回不去嘛。”

很多时候，我们怀旧只是一种对逝去时光的缅怀，不代表我们真的打算重新生活在那个时代。归根到底，所谓“怀旧”只是一种叶公好龙式的幻想，我们在脑海里把过去的美好不断复述、不断重构，把过去不好的东西全都过滤掉，选择性遗忘，最后形成一个理想化的旧日图景，并加以膜拜。这些理想图景一旦触及现实，就会立刻褪掉金黄颜色，回归到本来面目。没办法，由俭入奢易，由奢入俭难。我们已经习惯于当下的生活，再回到从前，恐怕只会不停抱怨过去的坏处，全然忘记过去的那些优点。

想想看，现在回去，没手机，喊一圈朋友聚会得跑半个城；想听音乐就得扛着双卡录音机满世界去借磁带；想出去旅游，北京到上海晃荡十几个钟头火车，到云南四川时间更是没数。想查点资料，对不起，没网，您去图书馆里面泡三天，运气好的话能检索出一两条。

所以你瞧，从古代到现代，人类心态并没有进化太多。我们会对孔夫子的呼吁啧啧称赞，礼貌鼓掌，可一旦王莽动真格的，便会立刻面色大变，忙不迭地摆手拒绝了。


# 底　线

文／冯骥才

底线无形地存在于两个地方。一在社会中，一在每个人心里。如果人们都降低自己的底线，社会的底线一定会下降。社会失去共同遵守的底线，世道人伦一定会败坏；如果人人守住底线，社会便拥有一条美丽的水准线——文明。因此说，守住底线，既是为了成全社会，也是为了成全自己。

所谓社会底线下降，就是容忍度的放宽。原先看不惯的，现在睁一眼闭一眼了；原先不能接受的，现在不接受也存在了。在商业博弈中，谎话欺骗全成了"智慧"；在社会利益竞争中，损人利己成了普遍的可以获利的现实；诚信有时非但无从兑现，甚至成为一种商业的吆喝或陷阱。在这样的社会生态中，人的底线不知不觉在下降。

可是这底线就像江河的水线，水有一定高度，船好行驶、人好游泳。如果有一天降到了底儿，大家就一起陷在烂泥里。

有人说，在物欲和功利的社会里，这底线是脆弱的。依我看，社会的底线是脆弱的，人的底线依旧可以坚强，牢固不破。

这底线是人的自我基准，道德的基准，处世为人的基准。

# 你有扶门的习惯吗

文／戴晓雪

刚去美国的时候，我觉得那儿的人好像都特别绅士，我还没走到门前，就有人面带微笑帮我开门。我想这或许是西方人讲究"女士优先"的缘故吧，于是就满足地径直穿了过去。一段时间我特别享受这一"待遇"。

慢慢地我发现，规矩并非如此，而是"后来者优先"。凡是公共场合有门的地方，总会看到这样的情形：走在前面的人，推开门后都要回头看看后面有没有人进门。他／她会扶着门让后面的人进去，而后面的人进去后，也总要向扶门的人说声"谢谢"，并接着扶，很少有人扬长而去的。

这使我想起郎咸平几年前说过的一件事。他总想不通为什么他的一个学弟要比他混得好。有次这位在麻省理工学院做教授的学弟去香港演讲，郎"盯"上了他。一群人出去吃饭，经过一扇小门。郎说："像我这种没有什么悟性的人，傻了吧唧地一脚跨出门就走出去了。"而他的学弟则本能地向后退一步，让别的人都过去之后他才过去。郎这回才悟出学弟比他"混"得好的道理。

在美国的十多年间，几乎毫无例外的老美都扶着门让我走过去，我又不得不扶门让后面一个人走过去，这个简单的扶门动作我学了好久，因为我们从小到大从来不学扶门。

德国也是个扶门国家。联邦德国成立后，政府制定了一套规则，让民众自觉提升素质。如德国有法律规定，关门时不小心把人撞了，你得无条件赔偿，还得帮人医治。这些规定都很具体，操作性很强。还有遵守交通规则、按秩序排队，等等，随着时间的推移，这些良好的行为就变成习惯，这个社会就变得文明起来了。

你习惯扶门吗？如你能因善小而为之，你就不愧为"好人"了。


# 搭便车的青蛙

文／大　虫


据说每种雄性青蛙都有自己独特的鸣叫声，这是为了向远处的同类雌性青蛙表达爱意。通常声音低沉、体积较大的青蛙，会受到雌性青蛙的格外青睐。但大声鸣唱会暴露自己所处的位置，有一种蝙蝠，就专以捕食青蛙为生，它们靠耳朵辨识音源，从而锁定猎物的位置。所以当雌青蛙急匆匆赶来后，青蛙歌者可能早已成了蝙蝠的腹中美餐。

而在距离歌者不远的地方，还有几只狡猾的青蛙默默地潜伏着，蝙蝠不会找到它们，当雌青蛙赶到时，它们还会领先歌者一步，青蛙们就这样一代一代传承繁衍下去。科学家曾研究过雨蛙，当歌者雨蛙和潜伏雨蛙的比例为 5∶1 时，传宗接代的可能性就越高，这种习性在很多动物群体中都有体现，比如鹬鸰、狒狒等。

那会不会出现所有雄性青蛙都不鸣叫，而去做潜伏者搭便车的现象呢？青蛙多少年的发展繁衍告诉我们，不会。就像人类社会一样，从某种意义上说，人分为两类，先导者和搭便车者。

1965 年，美国经济学家曼柯·奥尔逊在《集体行动的逻辑：公共利益和团体理论》中提出"搭便车理论"。所谓搭便车，简单地说就是不付成本而坐享他人之利。搭便车的根源是投机心理，在社会中或者在一个集体中，总有人自觉或不自觉地观察形势相机而动。对于整个种群来说，搭便车的青蛙也做出了自己的贡献，尽管这样来看对歌者青蛙是有些不公平，但谁又能说这不是歌者自己的选择呢？


# 中西区别

文／于　丹


西方的节日都被叫作圣诞节、感恩节、复活节，这些都是人给神过的节日。这些节至多是个节庆，但是中国的节，从春节、清明、端午、中秋，都是从二十四节气里生长起来的，我们过的其实是节令，我们的节是从地上长出来的，是给人过的节日。一个从天上下来的，一个从地里长出

来的；一个给神庆祝的，一个为人欢呼的。

西方人向神致敬，这是一种生命的庄严，而我们是用文化信仰、用伦理关系去替代外在的神，我们向土地致敬，这是农耕文明。

所以这两者有明显的差异但没有高下之分，因为它唤醒的都是对生命的敬畏，它唤醒的都是世间的秩序感。

# 有些恶行是惯出来的

文／王崇凤

闾丘露薇到伊拉克采访，担心伊拉克海关扣留携带的相关器材，就提前到在北京的伊拉克驻中国大使馆，申请了一封公函。没想到，这封公函在伊拉克海关人员面前只是废纸一张。他们没有任何道理地开出条件：要么东西留在海关，要么拿出一百美元。为了不因此影响工作，闾丘露薇毫不犹豫地选择了交钱"消灾"。

闾丘露薇后来采访一家外国企业的负责人："作为外来商家，做这样大的一个项目，你是如何和一个腐败的政府和官员打交道的呢？"他说："我们选择不妥协。因为你通过不法途径虽然能获得一时的'效益'，但是却违反了自己公司的伦理守则，遵从了对方的游戏规则，接下来便是无穷无尽的麻烦。当初我们的货物在海关被扣留了两个月，仍未妥协，就是为了让他们明白：我们做事情是有原则的，因此后来情况逐渐好转。"

可见，有些恶行不是因为没有规则约束，而恰恰是因为有人去"配合"破坏规则，最终惯出了恶行，自食其果。

# 大人物与小人物

文／邓清波

在一个电视节目录制现场，我带头给作家刘震云鼓掌，只为他讲的或者引述的这几句话：

对于一个农民来说，家里的豆腐块馊了比八国集团开会重要；

我是个老实人，从来不想把简单的问题变复杂，只不过想把复杂的事情变简单，但这个变的过程很复杂；

看到眼前的人，总觉得别人对不起自己，看到长远的人，会越来越觉得自己对不起别人。

有人问刘震云：别人写大人物，为什么你写的都是小人物？

刘震云答：我写的小人物其实才是大人物。我只不过是把被弄颠倒了的大人物和小人物概念再颠倒过来，让它恢复正常。


# 美好社会的密码

文／熊培云

荷马说："当一个人成为奴隶时，他的美德就失去了一半。"对此，有人补充说，"当他想摆脱这种奴隶状态时，他又失去了另一半。"

人被奴役的时候会失去自己的美德，人争取解放的时候也会失去自己的美德，如此一针见血的对比着实让人赞叹。究竟是什么原因让一个人在被压迫时卑躬屈膝，丧失人格，而一旦有力量解放自己时，又变得飞扬跋扈，伤及同类？

法国思想家托克维尔曾经在《旧制度与大革命》中嘲笑法国大革命时期的法国人"似乎热爱自由，其实只是仇恨主子"，也正是因为仇恨大于自由，法国大革命最终血流成河。

反抗与仇恨都不等于自由，自由是一种普遍权利，真正的革命不是为了奴役别人，更不是为了杀戮，而是为了建立起一种持久的秩序，以便让所有人能够在这种秩序中平等地生活。

美国著名心理医生弗兰克尔曾建议美国人不能只在东海岸竖一座自由女神像，还应该在西海岸竖一座责任女神像。这位从纳粹集中营中死里逃生的犹太人，按说最珍视的就是自由，但为什么他还要强调仅有自由是不够的？因为他知道，与自由对应的还有责任，没有责任也不会有自由。责任女神像的价值就在于唤起人们的责任感。

所谓美好社会的密码，无外乎人人能为真自由担起责任。

# 给总统读诗的少年

文／［叙利亚］阿多尼斯

　　13岁时我还没有上学，那是1943年，叙利亚的第一个总统到我的家乡视察。当时我听说总统要来，就想写一首诗读给他听，引起他的兴趣。如果他问我要什么，我就说我要进学校。

　　我写了一首诗，读给我父亲听，父亲听完笑了，他说："这是不可能的事情，小孩子还想见总统？族长也不会同意你去的。"那天，总统来的时候，我去族长家见总统，结果被人赶出来了。

　　后来，我知道总统要到市里去，我就步行了好长时间赶过去。那天下着大雨，我来到市政厅的前面，一个政府官员看到我，问我："你要干什么？""我要见总统。我要读一首诗给总统听。"他就给负责人打了一个电话，说有一个农村孩子写了一首诗，想见总统，写得还不错。

　　结果，那个人就拽着我的胳膊来到广场，总统正在那里举行集会。他喊了一声总统先生，告诉了总统这件事。总统看了看我说，你上来吧。于是，我到广场上对着麦克风朗诵了一首赞美总统的诗。我朗诵完了以后，总统做了一个讲话。总统讲话的一开始，就用了我刚才朗诵的诗中的一段，具体是什么现在已经记不清了。

　　我想说的是，我当初的这个梦想是完全地实现了。也正因为有了这个梦想，或者是正因为有了诗，才有了今天的我。

# 从兴趣出发

文／黄永玉

我一辈子从事美术这一行当，都是因为我对美术有兴趣。

"文革"时有位老先生在斗争会上批判我，说："黄某人画画完全凭兴趣出发。"虽然当时我正弯着腰低着头接受批判，但心里也不免忖度他："要是平时对我这么说我一定请你撮一顿，一个人要做一件事如果不是从兴趣出发，难道要从悲哀出发、从愤怒出发、从失望出发吗？"做任何事都是要有激情、有兴趣的。我这个人就是从兴趣出发，工作起来像踢足球一样。如果有人问踢足球的人："你累不累？""当然累。"但踢的时候谁又想到累的问题呢？踢完了累得半死，问下次还踢不踢，回答仍然很肯定："当然踢了，那还有什么话说呢？"

我在"四人帮"垮台后，在毛主席纪念堂画了一幅大画，27 米长9 米高，就是纪念堂毛主席坐像背后的那一幅。画完后拿到烟台用毛线织出来，做完这个工作后很多人认为这是件了不起的事。有位记者来采访我时问道："你在画这张画时，心里在想什么？"我说："已经画了八十多天了，天天画，就想能早一点儿完成它。"他说："不不不，你画的时候想什么？"我知道他心里想让我说"我一边画一边想毛主席"。这怎么可能呢？一边想一边工作，哪有这种创作方式呢，这会影响工作的。我就说："很累，很忙，希望早点儿完成任务。东想西想一定会分心，我就是对这件事有兴趣，愿意把这幅画画好。这其实是个开心的过程，谁还顾得上想谁呢？在工作的时候是不会去想什么任务，想什么神圣的东西的。"

总之，兴趣是很重要的，谁都不会一天到晚在某种伟大的意义中过日子，都是在很具体的工作里过日子。

# 修艺不如修身

文／Jack

前几天见到一个老朋友，他很开心地告诉我，最近好几家很不错的互联网公司请他去做副总裁，问我选择哪一家比较有前景。

认识他很多年，性格比较平淡的一个人，对生活没有太多追求，更喜欢安静平和的工作和生活，一直在一家小公司里做事。但我很少见他抱怨什么，他总是很乐观，也很开心地工作。他最大的梦想是去开自己的公司，一直没能成功，但他总是很开心，也不抱怨。说到他的工作，我不认为是非常有技能门槛的。不过有句话说得好，简单的事情重复做，就是专家；重复的事情用心做，就是赢家。他一直认真做事情，结果就成了职场的赢家。

在最平淡的时候，在最没有方向感的时候，在最寂寞的时候，也许我们可以审视一下自己的内心，是否还有耐心去把身边的小事情做好，做完美。

其实，我们不需要每天读一本书，不需要把外语说得和母语一样流利，不需要擅长十八般神奇武艺，不需要在职场上左右逢源，我们也会拥有成功，只要我们了解了自己，学会耐心，学会等待。

# 选择离成功最近的位置

文／王　纯

上师范的时候，我们每学期都开设舞蹈课。经过一段时间的观察，大家都发现，舞蹈老师每堂课都会让第一排的同学站到前面，给同学们做示范，顺便纠正一些错误动作。所以，第一排就成了最"糟糕"的位置。因为大家都不专业，动作经常会做得不规范，会惹来同学们的哄笑。当众出糗的事发生过几回，同学们都开始躲开第一排，往后面站。

我从小动作协调能力就差，学舞蹈更是吃力。但新学期开始后，我没有站到后面，而是站到第一排离老师最近的位置。果然，舞蹈老师每次都会让我到前面跳。为了能够在同学老师面前展示最好的自己，我开始苦练舞蹈基本功。我还利用星期天的时候去找舞蹈老师辅导。经过一段时间的努力，我的动作协调能力提高了不少。上舞蹈课的时候，我非常用心，认真学习每一个动作。很快，我找到了状态。

其实，很多事一旦入了门，并不像想象的那么难。就这样，因为第一排位置的关系，我喜欢上了舞蹈，而且跳得还不错。工作后，我先是在小学任教，因为有舞蹈特长，孩子们都很喜欢我，我的工作也很顺利。

后来由于工作突出，领导把我调到中学工作。当时有几个岗位供我选择，我没有丝毫犹豫，选择了最累最苦的班主任工作。我觉得自己年轻，多做些工作是一种磨砺，也能够让自己迅速成长起来。和我一同调来的几个同事却选择了比较清闲的工作，他们说等工作环境熟悉了再挑重担。

我的工作任务多，压力大，需要高度的责任心。我知道，在这样一个位置上，容不得我半点马虎。我虚心向老教师求教，刻苦钻研业务。一个学期以后，我的工作成绩突出，从众多新调来的同事中脱颖而出。而且，这些工作经历带给我丰富的经验，让我在以后的工作道路上得心应手。我认为，是我当初选了一个重要的位置，才给自己奠定了基础。

位置很重要，甚至能够决定人生的走向。总会有一个位置，离成功最近。选择离成功最近的位置，便可以摘到你梦想中的成功之花。

# 给失败一个特写镜头

文／侯兴锋

戴丽斯是美国一家杂技团的演员，她的拿手绝活是表演空中飞人。

有一次，戴丽斯想做一个新创的高难度动作，从这一边飞到 5 米外的另一边。在这段距离内，做一个 1080 度的大翻转，这是戴丽斯的首创翻转。

这时，场外解说播放了这个动作的难度说明，观众们全被吸引住了，都希望快一点看到戴丽斯精彩的表演。只见她从一边搭档的手中飞出，迅速翻转：360 度，720 度，1080 度，戴丽斯成功地翻转了 3 圈。可是因为时间超了一些，当她翻转完 3 圈时，已经过了另一边搭档的双手能力所及的范围。突然，戴丽斯从高空中掉了下去，摔在了安全网上。观众们长长地出了一口气，有遗憾声，有失望声。

戴丽斯站起来缓缓地微笑着向观众们行了个礼表示道歉。紧接着，她又矫健地登上了高台，她要再试一次。

戴丽斯开始了，360 度，720 度，1080 度。抓住，抓住，这是观众席上发出的声音。果然，这一次，戴丽斯没有让他们失望。她的时间和高度掌握得恰到好处，搭档牢牢地抓住了她的双手，顺利地进行下面的表演。观众们爆发出雷鸣般的掌声。

演出结束后，有记者找到戴丽斯问她从高空中掉下来之后是什么样的感受。戴丽斯一点没有难堪的样子，平静地说："其实，我是故意摔下来的。观众们从来没有见过这个动作。如果我顺利地完成这一动作，即使观众们觉得很精彩，也不会留下多么深刻的印象。所以我们决定，第一次故意失败，就等于给了失败一个特写镜头。这样观众们才会知道这个动作的难度，会用心去看，才能留下更深的印象。"

是啊，给失败一个特写镜头，把失败放大了，看清楚，想仔细，当成功来临时，我们才会加倍地珍惜。

# 孩子的梦想

文／林　衍

最近我关注了一个小学老师的微博，她常把学生们的生活记录在上面。

这位老师的班上有个个子高高的男孩叫小宇，很阳光。四年级的时候，有天上思想品德课，主题是"我的理想"。轮到小宇，他站起来说："我的理想是开一家粮油店。"

学生们哈哈大笑，小宇不为所动，继续说："我之所以想开这家店呢，一是因为我叔叔开了一家这样的店，生意不错，很赚钱；二是因为现在食品安全不让人放心，我打算搞几块田，这家店所有的东西都是我自己种出来的，可以保证质量，大家可以放心吃。"

小宇还说，他决定在创业前，先捡两年破烂，攒够原始资金。学生们听得津津有味，忍不住为他鼓掌。

一年半过去后，在一次出游活动中，这位老师惊讶地看到，小宇接过同学手中的空瓶子，然后熟练地往地上一放，再用脚一踩收集起来。

"你一直在这样做吗？"老师忍不住问。

"我攒够一些瓶子就会拿去卖，我不是说过要开家粮油店吗？这就是我的原始资金了。"小宇自信满满地回答。

后来，老师把这个故事记录了下来，并在结尾写了这样一段话：这就是一个孩子的理想。关于理想，几乎每一代人都会看不惯下一代人——60后认为70后愤青，70后认为80后娇生惯养，80后认为90后脑残，而当90后迈入20岁门槛的今天，又开始担心00后、10后被互联网化。其实，撕下这些年代标签，每一代年轻人都值得期待。

# 自　律

文／［新加坡］尤　今

有家跨国银行征聘理财专员，次子刚自美国负笈回来，致函应征。不久，接到来自伦敦总部的电话，定了日期和时间，要和他进行第一轮的电话会谈；这一关过了，才能获得飞往海外进行正式面试的机会。电话会谈定于10时进行。当天9时许，我看见他郑重其事地穿了西装，打了领带，在电话旁边正襟危坐，忍不住笑了起来，揶揄道："嘿，电话会谈而已，打扮得那么神气干吗呀？对方都瞅不见你，犯得着这样大张旗鼓吗？"没有想到，他竟然正经八百地应道："妈妈，如果我现在穿着背心和短裤，我的心情必然也是轻松适意的，那么，我说出来的话，也许就不够慎重了。再说，对方是在办事处给我拨电话的，他衣冠楚楚，我又怎么能不给予他应有的尊重呢？"

我很惭愧。在别人见不着的地方严于律己，才是最大的自律啊！终于，过五关斩六将，他顺利获得了那份工作。

# 用劲刻

文／瘦　茶

当时还不是篆刻名家的陈巨来向书画大家吴昌硕请教治印之刀法，吴昌硕淡淡一句话："我只晓得用劲刻，种种刀法方式，没有的。"陈巨来后来治印也卓然成家，一定是听了老师的话，用了不少劲的。

我们成不了吴昌硕，或许真的只是不肯用劲，只差了那一把劲吧。世上万事，若都能用劲去做，何愁没个水到渠成的日子呢？

# 无限可能（外一则）

文／莫小米

他与伙伴一起，背着行囊，从家乡的小村落出发到外面找工作。搭拖拉机到县城，他们在县城买好了去省城的长途客车票。时间还早，在街上闲逛，看到县图书馆的一纸招聘广告。闲得无聊，试着应聘玩儿，没抱多大希望，没想到有高中学历的他被录取了，同伴只是初中生，落选，独自去了省城。

伙伴到了省城，找不到合意的工作，又去了沿海，从送外卖、插小广告做起。后来，伙伴看准机会创业，一些年后，衣锦还乡，造福桑梓。而他喜欢图书馆这份工作，全心投入，后来老馆长退休，他接了班。尽管也努力过，但县图书馆越来越不景气，渐渐地只得靠出租房子开网吧，来为员工发工资。他偶尔给报刊投投稿，贴补家用。

本也安贫乐道，可见到当年同伴还乡，顿时崩溃。他抱怨当时自己胸无大志，退掉了远行的车票，就此退掉了自己的前程。于是写了篇稿件，投到我的副刊。

我不大认可他的说法，当时留在图书馆是他自己喜欢的工作，也不失为一个好的选择。人生本有无限可能，远行，各方面的可能性大些，可能机会更多，可能风险也更大。

最近采访了一个身份特殊的人，名田庆华。25年前来重庆城里打工，走累了歇脚，一屁股坐在了四川美术学院门前的台阶上。听走过的人说要招个食堂勤杂工，马上站起来自荐。接下去的25年，他一直待在川美，先是食堂勤杂工，后是学校保安，再是人体模特，最后当了画家，川美为他办过画展。那期间，他还穿插着做棒棒（山城挑夫）。

做模特、画家，让他出了小名，棒棒生意更好；做棒棒，让他有更棒的身体，成为更出色的模特，让他有特殊的灵感，以棒棒为题材的画作，无可匹敌。走出家乡，并停泊在可以实现梦想的地方，他的生命才有了无限可能。

## 读书有没有用

小个子，娃娃脸，30多岁的快递员，在写字楼里设点。如今快递业务越来越多，经常见他一车进一车出，蜜蜂一样忙碌的身影。每天准点收件，像时钟一样守信。写字楼的每个人都认识他，因为他服务好，活儿做得放心。

他的脑子就像电脑，你打过一次电话，第二次你一出声，他准能报上你的名字。走廊上、电梯里遇到，他会笑眯眯喊出每个人的名字。一栋写字楼几千号人，他包干的写字楼可不止一栋。简直有特异功能。写字楼里都在传说，他有10万元以上年薪。聊起来才知道，快递员家在农村，书才读到初一。

如今常能听到农民父母含辛茹苦地举债供儿女上大学，毕业却找不到工作的事情。更有甚者，有个农民儿子研究生毕业，找不到工作回家务农，父亲竟羞愤到自杀。因为当初儿子曾是整个小山村的骄傲，现在却成了笑柄。

教育到底有没有问题？读书究竟有没有用？

快递员说，读书，当然有用。之所以只读到初一，并不是成绩不好。小学四年级，去镇上参加奥林匹克数学竞赛，获全镇第四名。只因家里缺钱，上初二，学费涨到200多，得借债。他一算，读了初中读高中，即使考上大学，家里还是交不起学费，还得借债，如果不上大学，那么从初二到高中的这五年，就白费了。

才15岁，他决定休学，进城打工。他对父母说了句话：我应该认识的字，应该会说的话，都已经学到了。

这么普通的话，说出来却要有底气。他后来工作这么出色，千奇百怪的顾客、货物，层出不穷的突发状况，都应付自如、游刃有余，足可以证明，此言不虚。

如今他30出头，年薪超过一般白领，在所生活的城市里，有房子有小家，孩子已经上小学。在生存竞争激烈的世道里，他以勤勉与认真立足、发展。

他只读到初一，但他学到了该认识的字，该会说的话，学到了做人的基本道理。

# 破 封

文／包利民

少年时我生活在松江的北岸，严寒的季节里，大江被冻结了形状，变成一条凝固的河流。春天时，我常去江边，看大江怎样挣脱坚冰的枷锁。最常见的便是慢慢地融开，我们叫"文开江"。天气渐暖，冰层缓慢地融化，越来越薄，渐渐地，本来冰层冻得薄的地方便化开了，于是冰面便被分割得支离破碎。这时满江大大小小的冰排，顺流而下，越变越小，直至消于无形。

在艰难的境遇之中，有的人会慢慢地聚集希望的温度，将生命中的寒冷和苍凉捂热，化作流淌的温暖。而曾经磨难的种种，都融于自己的生命之中，变成感动和力量。

最震撼人心的，还是惊天动地的"武开江"。有的时候，春风刮得早，而天还没完全转暖，冰层在风的侵蚀下悄然变化。时间一长，冰层虽然外面依然厚重，内里却是酥脆无比。而后的某一天，上游的水下来，风更猛烈些的时候，冰面突然一声巨响，然后响声不断，整个江面的冰便分崩离析，在互相撞击中变得粉碎，江水漫上来，片影皆无。

在生活中，常见有人困顿，似乎一生都会如此潦倒，可是某一天，却突然神形顿易，大有一飞冲天之势。就如长河顿解，一朝奔流。其实，他们虽然看上去沉默寂寞，看上去似麻木似挣扎，其实，他们的心一直能感受到春天的温暖，他们的希望一直在慢慢生长渗透。那些阻碍他们的种种，不知不觉间正在瓦解。

摆脱心灵上的困囿，有的人是积蓄力量，一举成功；有的人是日日搬移，终至畅通。每当江上寒冰去尽，江水一路浩荡东去，长风轻吟，我仿佛感觉到，被寒冬驱进角落的所有事物，都在奔向新的自由。

去年冬天，我在野外散步，就见江上有人破冰捕鱼。走过去看，凿开的冰窟窿下，水仍自流淌不息。

　　冬天再冷也不会把一条河的水全部冻结，人亦是如此。再艰难的际遇，也不能冻结一个人所有的希望。只要心底的希望一直涌动着，那么，周围的冰封雪盖便终会被摧毁。


# 米勒是谁

文／ 许扣锁

　　一个篮球教练，临时受聘于一个很烂的、刚刚连输了 10 场比赛的大学球队。不幸的是球队第 11 场比赛打到中场时又落后了 30 分。休息室里，每个球员都垂头丧气。

　　教练问："你们要放弃吗？"球员们低着头，虽然嘴里讲不放弃，可身体动作表明已认输了。

　　教练接着问："各位，假如今天是篮球之神迈克尔·乔丹遇到连输 10 场，在第 11 场又落后 30 分的情况下，他会放弃吗？"球员们都说："他绝不会放弃！"

　　教练又问：" 假如今天是拳王阿里被打得鼻青脸肿，但在钟声还没有响起、比赛还没有结束的情况下，他会不会选择放弃？"球员们接着回答："不会！"

　　教练接着问他们第三个问题："那米勒会不会放弃呢？"这时全场哑然，有人忍不住问："米勒是谁，怎么连听都没听说过？"

　　教练微笑着说："问得非常好，因为米勒以前在比赛的时候选择了放弃，所以你们从来没有听说过他的名字……"

# 辛 苦

文／［日］千田琢哉　编译／李建铨

"我好辛苦，我好痛苦"，世上有许多人常这么说。

但是，如果你想朝成功者的道路迈进，现在开始绝对不要再说"我好辛苦"。

成功者也会使用"辛苦"一词。但是，使用法与一般人不同。

我们在成功者的访谈中会发现，他们总是把"辛苦你了"挂在嘴边。

"我好辛苦"跟"辛苦你了"的差异，结果天差地远。

比起老是说自己"好辛苦"的人，说得出"辛苦你了"的人，才真正懂得辛苦的意义，也才真的会感到辛苦的意义和价值。

愈是会说"辛苦你了"的人，愈能得到旁人的支持，同时拥有对周遭一切抱持感谢的心情。

# 绝 技

文／秦　湖

有一位玉雕大师，他的雕刻技艺十分了得。不管是多难雕刻的玉石，只要到了他的手上，都能变得精美绝伦。因此，他的作品深受人们的喜爱，而且价格不菲。

一个年轻人得知大师的美名后，不远千里来向大师学习玉雕技艺。大师见他很有诚心，便答应了。年轻人跟随大师学习了很多年，虽然也掌握了不少玉雕技术，但是他的作品始终没有大师的好看。因此他认为：大师只教给了他诸如下刀的力度、打磨的角度之类的一些基本东西，真正的绝技却始终没有传授给他。

一天，大师给了他一块上好的玉，让他雕刻一只龙虾。他在雕刻过程中，不小心下偏了一刀，留下一道难看的刀疤。年轻人吓得不知所措，去向大师请罪。大师接过玉件，很快就在刀疤处雕刻出一只活灵活现的小鱼来，整块玉也因为小鱼而变得熠熠生辉。

事后，大师意味深长地对他说："其实，师傅并没有什么特别的绝技。不论雕刻还是做其他事情，谁都难免会出现失误。敢于正视自己的错误，并懂得及时修正错误，这就是最好的绝技。"

# 按脚印深浅付费

文／胡向明

商人运载一车货物经过一片松软的土地，车轮下陷，怎么拉也动不起来。商人找来几个农夫，付钱让他们帮忙把货车拖上大路。

农夫们给货车前端套上绳子，每人各拽一根绳头，站成一排，向前拉车。众人喊了半天号子，然而，货车始终没有驶离原地。商人说道："依我看，应按你们出力的大小支付酬劳。"

众农夫都觉得这个办法好，就请商人在一旁监督。他们中有两个爱耍滑头的，用余光瞧商人的眼睛，故意把面部表情做得夸张，以表示自己使出最大的力气，而他们所拽的那根绳子，却向下呈弧形，荡秋千一般，还在垂摆着。真正卖力的农夫，头部埋在胸前，两腿蹬直，向前拉车。货车终于驶出这片松软的土地，商人依照观测的结果，支付酬金给他们。

得到钱的农夫都比较满意，唯那两个耍滑头的只分到很少一点钱。他们质问商人：

"难道我的号子喊得不够响亮吗？"一个说。

"或是我的表情不够扭曲？"另一个说。

"这些都表明我们付出了最大的力气。"两人一起说。

商人说道："我没有注意你们的表情，也没有倾听你们的号子，我只注意你们走过的脚印。"

众人朝商人手指的方向望去，凡是耍滑头的脚印都非常浅；而那些真正卖力的农夫，脚印都深深地印在土地上。

# 第一的秘诀

**文／黄　鹤**

20世纪70年代，日本有家玻璃厂为了扩大安全玻璃的市场，聘请了营销专家佐藤来给业务员做指导。经过考量，佐藤决定先向优秀的业务员取取经，再做具体指导。

松田是公司最优秀的业务员，年年业绩都是第一。于是，佐藤跟松田跑了三笔业务，很快发现了他的独特方法。原来，每次去谈生意，松田除了要带上安全玻璃，还会带一把锤子。见到客户，松田便先问对方："你相信我们安全玻璃的质量吗？"对方如果说还不太了解，他就把玻璃摆出来，然后举起锤子用力砸下去。客户看见玻璃真的丝毫无损，接下来便十分愉快地谈起了合作。佐藤很快把松田的这套推销秘诀公之于众，并强调说："懂得抓住客户对质量存疑的心理，巧妙地做现场展示，这正是松田成为冠军的法宝。"

　　很快所有业务员都掌握了这套方法，果然有了效果。到了年底，佐藤注意到松田的业绩仍然遥遥领先，不禁疑惑地问："现在大家都用了你的方法，为何你还能保住第一呢？"松田笑了，说："原因很简单，你把我的方法公开后，我就开始改进方法，这样才能保持和大家不同。后来我就把锤子交给客户去砸样品，这样一来他们就会更信赖我们的产品了！"

　　佐藤终于明白，原来第一并非靠什么秘诀，而是要靠不断创新，这样才能脱颖而出。

# 盲目的悲剧

文 / 马　德

丰子恺先生可谓智者，无论作画，还是作文，疏淡之间，人生意趣顿生，让人拍手叫绝。

比如，他有这样一段文字："花台里生出三枝扁豆秧来。我把它们移种到一块空地上，并且用竹竿搭一个棚，以扶植它们。每天清晨为它们整理枝叶，看它们欣欣向荣，自然发生一种兴味。那蔓好像一个触手，具有可惊的攀缘力。但究竟因为不生眼睛，只管盲目地向上发展，有时会钻进竹竿的裂缝里，回不出来，看了令人发笑。有时一根长条独自脱离了棚，颤袅地向空中伸展，好像一个摸不着壁的盲子，看了又很可怜。"

淡淡笑过，却也并不轻松。事实上，好多人活着活着，就活脱像那蔓一般了。要么"钻进竹竿的裂缝里，回不出来"，要么"颤袅地向空

中伸展，好像一个摸不着壁的盲子"，更多的时候，我们并不缺乏向上的勇气和毅力，甚至我们把方向都找对了，却因了没有一个贴近的目标去追求，而陷入一种虚空的悲剧境地。

先生的文字妙智妙慧。还有这样一段，不妨述与大家："有一回我画一个人牵两只羊，画了两根绳子。有一位先生教我：'绳子只要画一根。牵了一只羊，后面的都会跟来。'我恍悟自己阅历太少。后来留心观察，看见果然：前头牵了一只羊走，后面数十只羊都会跟去。哪怕走向屠场，没有一只羊肯离群众而另觅生路的。"

仔细想过，这确也是一条隐在尘世中的绳索，牵着在生活中迷乱的人们。我们每天急匆匆地追逐一些看不见的东西，实际是在奔赴一个别人成功过的目标，重复别人走过的路。

最可怕的是，有时我们盲目到顽愚的地步。眼看着跟着别人一步一步走向了人生的绝境，虽有人在旁暗示，但哪曾料得，走的人脖子一挺，说天塌大家死，我怕什么。

丰先生两段文字，都说的是盲目的悲剧，但我以为，后者是更大的悲剧，并不仅仅因为数目众多，更因为这些生命已在盲目中迷失了自己。


# 万事互相效力

文／（台湾）魏悌香

夏日炎炎，参加会议的人都被台上讲员的长篇大论搞得头昏眼花，昏昏欲睡。只有一个人坐姿挺直，全神贯注地在听讲，他不是别人，而是当时鼎鼎有名的英国首相格莱斯顿。

会议结束后，旁人好奇地问格莱斯顿："每一个来宾都听得打起瞌睡，左摇右晃，为什么只有你那么专心在听？"

格莱斯顿微笑着说："听这么冗长无聊的内容，老实讲，我也很想打瞌睡，可是，我转念一想，何不用这件事测试自己的忍耐力，看看能够忍受到什么程度？所以我聚精会神地从头听到尾。如果以这种耐心去面对政治上的种种难题，还有什么事情解决不了呢？所以今天这场演讲，对我的好处和启示，真是太大了。"

是的，诚如《圣经》所说："万事都互相效力。"每件事情必定都有值得学习之处，不管好或坏，一定都找得出正面积极的意义，当我们愿意转换不同的角度去体会时，将会从中得到极大的动力和智慧，而这些一念之间的领悟，所产生的效益将十分可观，甚至可能扭转原本不堪的局面。

# 父母的奋斗

文／盖丽丽

我们家的第一所房子是土坯房，建在村外一块闲置空地上。

父亲是远近闻名的工匠，拼命帮村里人做工。母亲心灵手巧，常常教村里人织补衣物，装点房屋。后来，村里人觉得到村外找他们帮忙太麻烦，"联名"请他们搬到村里住。有了稍微像样的新房子，父母就一铲一铲地开垦荒地，种上粮食蔬菜和果树花草。

然而好景不长，父母苦心经营的田地一夜之间划归别人。他们只好用尽积蓄，在城郊买下一间小房子。小房子冬冷夏热，风天落灰，雨天滴水，潮湿逼仄，蚊虫充斥，但总算有了落脚之处。

父母做起了卖鱼的小生意。为了抢到位置好一点的摊位，他们每天

摸黑出门，早早摆好摊位等着天亮客人们来。父亲撒网捕鱼，母亲编织盛鱼箩筐，这样也能省下一些成本。"鱼霸子"是市场专门欺负鱼摊儿的小混混，他们抢鱼、砸摊甚至动手打人，这些父母都得忍着。他们谦卑友善地对待每一个人，只是为了能生活下去。

几十年过去了，卑微的父母日渐老去，家里有了大房子，我们也都长大成人。父母的经历深深印在我们心底里，也激励着我们坚韧向前，永不放弃。

# 衬　托

文／陈大超

那还是好几年前，我和朋友到一家小餐馆吃饭。虽然餐馆看起来很简陋，但里面的卫生却做得特别好，到处都抹得干干净净。更重要的是，他们端出来的菜分量特别足，味道也不错。

我笑着跟老板说："难怪总有人说在你这里吃饭，不会花冤枉钱呢。"

老板笑了笑，一脸实诚地说："你看我们这，巴掌大块地方，就开了十多家餐馆，我要是让人花钱花得冤枉，那不是把客人往别人店里赶？"

后来我们又去了几次，发现他的生意更好了，而他附近的那些家餐馆，门前的小车也好，自行车也好，总是少得可怜。"有的餐馆，刚开业的时候，分量也是很足的，但生意稍稍好一点，他们端上来的东西就不是那么回事了。""我发现我们中国人做事，最难做到的就是始终如一。"朋友们说。

五年后，这家餐馆扩大了规模，办成了一个有着三层楼房的中型酒店。去过的人都说味道还是那么好，分量还是那么足。最近，我和朋友们又在那里相聚。

"附近那么多餐馆都垮了，你这却规模越来越大，名声越来越好，不简单啊。"我笑着跟老板说，接着我就问，"让我感兴趣的是你怎么就能做到让菜的分量一直这么足呢？"

老板想了想，笑着说："开始的时候，我们家里的意见也不是很统一，说收同样的钱，别人的分量少，我们的分量多，时间长了我们就要吃亏。而我总是劝他们，不要怕别人分量少了占便宜，他们那样做，实际上是在衬托我们——衬托我们做生意实在，衬托我们为人老实，时间长了，受益的肯定是我们。我的体会是，不管干什么事，你只要路子走得正，做人做得好，就总会有人从反面来衬托你。有人从反面衬托你，那就等于是人家帮你补台啊。"

# 名家之作

文／江泽涵

他是享誉篆刻界的名家。某天，一个热衷篆刻艺术的青年上门拜访，拿出一枚印章请求指点。他看了一眼，摇头："太差了。"

青年大感失望，冷冷地说："这可是您在五年前的年度大赛中夺冠的作品。"青年的父亲也痴迷篆刻，几经辗转，才弄到这枚印章。

他浅浅一笑，从床底拖出一个木箱，都是一枚枚的印章，随手捡了一枚，"这是我八年前在全国大赛中的金奖作品。"

青年仔细一比对，也瞧出这枚在刀功上弱了几分。

他又挑了枚十年前的，更弱些；初次获奖作品，更差；处女作也亮出来了，太差劲了。

他说："我的作品并不好，所以得不断钻研，也才有一次比一次的进步。"

青年一惊一愣，柳暗花明。名家的大作并不是一蹴而就的，也许根本没有什么天赋，而是在无数个日夜里，不断锤炼所致。


# 辞退那条狗

文／何慧慧

美国航空公司是世界最大的航空公司之一。20世纪末，公司CEO罗伯·柯南道尔采取了一系列措施提升服务质量、降低成本，使其一跃成为全球最赚钱的航空公司之一。

一次，柯南道尔注意到，他们在加勒比海的货仓开支还能缩减，便找来货仓负责人询问。负责人解释说："这个仓库位置偏僻，夜晚得有人值班防盗。现在只雇了一个人看守，还有什么能省？"柯南道尔想想说："把那人换成临时工，值班调整为隔夜一次，这样别人也不知道我们哪天有人值班，就可省下一半的费用啊。"

一年过去，柯南道尔找来那位负责人。负责人报告说，仓库改为临

时工看守后也没发生盗窃事件。柯南道尔又说："仓库开支还能节省。"负责人有些疑惑，柯南道尔说："用一条狗来看守就可以保证仓库安全了，临时工也是多余的。"负责人照办，一年后仓库仍旧安然无恙。这天，柯南道尔路过，便让负责人陪他去巡视仓库。负责人一路夸赞狗看管也很安全，柯南道尔打断他的话，说："我想把开支再降一点。"负责人不解："现在只剩一条狗了！"柯南道尔摇摇头："把狗的声音录下来播放，这样就省去了养狗的钱，小偷也会以为还有看守的。"负责人哑然，这才知道公司降低开支的标准多苛刻。

只要勤于开动脑筋，坚持改进，哪怕是常人看来完美的事，仍有无穷的改进空间。

# "最佳"未必"完美"

文／陈　理

稻盛和夫讲过一个"最佳"和"完美"之争的故事。

京瓷创业 20 年的时候，法国休兰伯尔公司董事长詹恩·里夫来日本拜访。里夫先生谈道："休兰伯尔公司的信条就是尽力把工作做到最佳。"

稻盛和夫表示赞赏，同时讲述了自己的看法："最佳"这个词，是同别人比较，意思是比较起来是最好的。这是一种相对的价值观，因此在水平很低的群落里也存在着"最佳"。京瓷的目标不是"最佳"，而是"完美"。"完美"和"最佳"不一样，它是绝对性的，不是同别人比较，而是它自身具备可靠的价值，因此，不管别人如何，世上没有什么可以超越"完美"。

里夫最终同意了稻盛和夫的观点，不再把"最佳"奉为信条，而是把"完美"作为信条。稻盛和夫心目中的"完美主义"不是更好，而是"至高无上"。

# 不该忘记那根绝缘线

文／孙建勇

2012 年 11 月 15 日，晴空万里，32 岁的金完熙少校驾驶 T–50B 黑鹰战机，从韩国江原道原州基地升空，进行飞行训练。这样的训练对于金完熙来说，把握十足。按照操作规程，他后拉操纵杆，战机呼啸着直刺蓝天。可是，令金完熙没有料到的是，战机在爬升到 900 米高空时，机头再也昂不上去，整个机身开始急剧下滑，朝着地面直冲下去。心知不妙，金完熙使出浑身力量，最大限度后拉操纵杆，但于事无补，战机仍快速俯冲，高度仪上的读数急剧下降，800 米、700 米、600 米……350 米，知道已经无力回天，金完熙决定弃机跳伞，可是，按动弹射按钮，却无反应，9 秒后，战机坠毁，金完熙不幸殉职。

金完熙是韩国空军士官学校第 51 期高才生，创造过数千小时的安全飞行纪录，为什么会在一次例行训练中出现事故呢？调查随之展开，最终的结果令所有人大跌眼镜，事故原因不是金完熙的操作，而是一根绝缘线。

原来，T–50B 黑鹰战机在升空前三天，接受过一次检修。按照惯例，在检测飞机的俯仰操作系统时，为确保测量准确，检修人员会在系统装置上插入一根细铁丝粗细、长 10 厘米的绝缘线，终止系统后再行检修，检修完成再拔掉绝缘线，恢复俯仰操作系统。可是，非常不幸，这一次在完成检修后，检修员却没有将绝缘线拔下，结果酿成大祸。

更加令人痛心的是，这个检修员其实并不是一个新手，而是具有 12 年检修经验的专家。犯下如此低级错误，完全是因为他在工作时根本就没有全心投入，脑子走神所致。因为他这个愚蠢的疏忽，他的上司检修监督官最终愧疚不已而自尽。

英国有句谚语说："一盎司的小心值一磅的学问。"细想一下，的确很有道理。在工作中，即使是才高八斗的专家，如果没有一颗谨细之心，那么，砸毁的不仅是他自己的前途，还有可能是整个事业。人人都渴望事业有成，有时候，成功就是不忘记拔下一根细细的绝缘线。

# 我不敢乱画

文／张小平

画家齐白石和作家老舍是忘年交。一次，老舍选了四句诗，请年逾九旬的齐白石用不同的画作来演绎。这四句诗分别为："手摘红樱拜美人"、"红莲礼白莲"、"芭蕉叶卷抱秋花"、"几树寒梅带雪红"，是诗人苏曼殊描写四季的佳句。

很快，齐白石以春、夏、冬的花卉为主题，完成了三幅绝妙之作，却唯独对"芭蕉叶卷抱秋花"迟迟没有落笔。老舍忍不住问："为何单留下一幅不画，是没想好怎么画吗？"齐白石回答："我想画几簇芭蕉，有上扬和下垂的大叶，还有初生的卷叶，叶心深处开着花……"老舍听得入了迷，料定齐白石不久就将创作出一幅更加绝妙的作品，便催他赶快动笔。

一个月过去，画没见着，老舍问："您不是想好画什么了吗，怎么还不画呢？"齐白石不好意思地笑笑："我还没完全想好要怎么画。"又过了数日，还是没见着画，老舍再三催促，齐白石这才道出真相："我不记得芭蕉初生卷叶的卷曲方向了，是顺时针还是逆时针？没有实物参考，我不敢乱画啊！"那之后，齐白石每逢遇见南方来的友人，都会询问是否观察过芭蕉卷叶的卷曲方向，依旧没人能回答。他又翻阅了大量资料，也没找到答案，只能不情愿地提笔……望着画面生动的芭蕉大叶，却唯独没有初生的卷叶，老舍顿时明白了，为何齐白石的作品能称得上经典。

# 怕松树骂人

文／独孤西门

作为"三峡画派"创始人，岑学恭先生在中国画坛享有极高声誉。有一次，朋友请求他创作一幅松树图，老先生应承下来，细心构思，几番设计，方肯动笔。谁知，松树图只画了主干，枝都没分出来，先生便患上了帕金森综合征，不得不停止创作休养身体。

医治一段时间后，身体逐渐恢复，岑学恭几次把松树图重新摆在案上，思索许久，又收起来放好。家人不解，问他怎么不画完，他解释道：手腕没力，我怕画不好。

家人劝他保重身体，不能画就不画了，或者将就着画一下，相信友人也能理解。一向温文尔雅的岑学恭却拉下脸来：人家看得起我，请我作画，我随便画了送去，他虽然嘴上不说，但我怕他心里觉得我是在应付，更怕松树骂我啊！

直到一年后岑学恭去世，这幅松树图都没有完成。弥留之际，岑学恭在病床上，让家人把自己收藏多年的一幅张大千墨宝赠送给朋友，并登门解释致歉。

怕松树骂自己，是一种对艺术的恭敬。人总要有所敬畏，才能保持身有所正，言有所规，纠有所止，内心清明方可养厚重与博大。

# 救命小草

文／艾　文

罗宾森·莱斯诺是美国的一位空军准将，在一次对越南的战斗中，他成了俘虏，被关进了河内的一座监狱。罗宾森在这座监狱一连度过了四年半与世隔绝的生活。

更可怕的是，在这期间有十个月的时间他不但是被与世隔绝地关押着，而且是处在一个完全黑暗的、只有七英尺长宽的牢房中。他每天用几个小时的时间在牢房里锻炼身体，然后祈祷，用这种办法使自己保持清醒；但更多的时候他什么也做不了，只有用高声喊叫来发泄。为了不让看守发现他的意志快要崩溃，他在歇斯底里地喊叫时，就用一块破布堵在自己嘴里。

一天，他倒在了地上，没什么事可做，就爬到了他的床铺底下待着。忽然他发现床铺下面有一个通往外界的通气口。他推了一下这个通气口的小闸门，一丝微弱的亮光从外面照射了进来。

罗宾森赶快把脸贴在墙上，想通过这个通气口看看外面的世界，但是这个孔很小，他能看到的只有一棵长在外面的小草，正是这棵小草的一片叶子反射进来一点亮光。这一丝亮光朦朦胧胧的，但是给罗宾森带来了极大的喜悦。

就这样，一棵小草让罗宾森看到了生命的存在，也让他看到了自由的存在。凭借这一点希望，他活了下来。终于有一天，战争结束了，他重新获得了自由。

在任何时候都不要放弃对生活的信心，只要你留心，哪怕是一棵小草，都会给你带来启迪和希望。


# 男人一生要处理好的七件事

文／冯　唐

作为一个男人，在现实生活中要处理好七件事：Wealth（金钱）、Women（女人）、Wine（酒肉）、Work（工作）、Watch（珍玩）、Workout（身体）、Wisdom（智慧）。

钱是要有一点的，但是不要太多，能自给自足、经济独立就好。太多的话，活着的时候是负担，你周围会出现一些虚假的好人和真实的敌人。死的时候有很多钱，是件非常傻的事儿，无论上天堂还是下地狱，都是会被笑话的第一件事儿。有多少钱合适？够用就好。精神可以丰富，生活要简单。生活简单，够用的要求就不高，你就不用为钱而钱。

女人最好找和你小宇宙以及生活习惯类似的，否则，你玩个网游、去阿姆斯特丹逛个咖啡馆，她就认为你是怪胎。否则，你嗜辣、她怕辣，你怕冷、她怕热，你喜宅、她喜逛，日子不好过。爱情和婚姻基本上是两件不相干的事儿，尽管非常容易搞混。但是两者之间有个重要联系，如果你和那个女人最初有爱情，哪怕之后爱情消失得一干二净，留下的遗迹也是婚姻稳固的最好基石。

酒肉要和朋友吃喝，独自酒肉非常悲催。朋友不在多，在久。"相见亦无事，别后常忆君"，如果你到了我这个年纪，有两三个男人能让你无由想念，两三个月一定要坐下来分饮两三瓶好酒，福德甚多。又，大酒必伤，两害择其轻，宁可伤胃，不要伤肝。大酒过后，去吐。

工作最好做你喜欢做的和擅长做的，哪怕你喜欢做的和擅长做的是码字、洗菜或者锄草。工作时最好周围有一小群你喜欢的也喜欢你的人，现世里，工作往往占据你大部分有效时间，如果周围的人无趣，生命容易无趣。又，不能小看工作，工作能让你的生活更平衡，即使你女人和你朋友拐了你的金钱跑了，你如果还有工作，你不怕。

玩物不会丧志，但是要保持玩儿的心态，不要太当个事儿。玩儿的时候，花合理的价钱买自己真喜欢的好东西，别贪便宜，别跟着各种所谓大师和专家的意见走。

身体是老天白给你的，但是不是白给你糟践的。你用身体用得太狠了，身体会给你找麻烦。其实，身体好也不难，起居有度，饮食有节，不着急，多喝水，时常做做操，打打太极拳。

智慧比长相重要，比身体健美重要。智慧这件事儿，急，不得。独立思考，时常忘记标准答案，读读历史，多走些地方，多听你姥姥说话，有帮助的。

# 自己的眼睛

文／〔德〕叔本华

我们读书时，是别人在代替我们思想，我们只不过重复他的思想活动的过程而已，犹如儿童启蒙习字时，用笔按照教师以铅笔所写的笔画依样画葫芦一般。

我们的思想活动在读书时被免除了一大部分，因此，我们暂不自行思索而拿书来读时，会觉得很轻松，然则在读书时，我们的头脑实际上成为别人思想的运动场了。所以，读书愈多，或整天沉浸于读书的人，虽然可借以休养精神，但他的思想能力必将渐次丧失，此犹如时常骑马的人步行能力必定较差，道理相同。有许多学者就是这样，因读书太多而变得愚蠢。经常读书，有一点闲空就看书，这种做法比常做手工更会使精神麻痹，因为在做手工时还可以沉湎于自己的思想中。

我们知道，一条弹簧如久受外物的压迫，会失去弹性，我们的精神也是一样，如常受别人的思想的压力，也会失去其弹性。又如，食物虽能滋养身体，但若吃得过多，则伤胃乃至全身。我们的"精神食粮"若太多，也无益而有害。

读书越多，留存在脑中的东西越少，两者成反比，读书多，他的脑海就像一块密密麻麻、重重叠叠、涂抹再涂抹的黑板一样。读书而不加以思考，绝不会有心得，即使稍有印象，也浅薄而不生根，大抵在不久后又会淡忘丧失。

况且被记录在纸上的思想，不过是像在沙上行走者的足迹而已，我们也许能看到他所走过的路径；如果我们想要知道他在路上看见些什么，则必须用我们自己的眼睛。

# 你到北大学什么

**文 / 傅国涌**

北大经济学教授厉以宁，每次在给新生上第一堂课时都会问一个问题：你到北大来是要学什么？很多人说，我是来学知识的，他说不对；

也有人说是来学方法的，他也说不对。没有学生能答对，他就说：你是来开阔视野的。

教育首先给学生提供的是一个文明的视野，让他看到世界有多大，天有多高，地有多厚，让他看到古往今来人类走过了一条怎么样的道路，让他打开视野，认识这个世界、这个时代，这才是首要的目标，然后才是知识和方法。

我有一个朋友喜欢说：在谷歌时代，什么样的学问似乎都变得不太重要了。在谷歌上一搜索关键词，一大串的东西全出来了——你记那么多干吗？那就叫现成的知识。更重要的是，你要有一个"判断"。我觉得他说的"判断"这个词非常好，重要的不是知识，而是你有能力对这些知识做出判断，因为网上的东西不一定都是对的，有很多都是错误的，你具备辨别真伪的能力，那才是属于你的真本事。

由此，我想到的是，今天我们缺的不是知识，因为获得知识的途径真是太多太多了，"获取"已经不再是什么困难的事情。但是困难的是，你自己怎么去看待这些知识，怎么去判断这些知识，并形成你自己独立的看法。

# 寻找最适度的风

文／朱成玉

前几日，一个好多年没有音讯的同学打来电话，让我颇感惊讶。

他是我的初中同学，上学的时候表现出多种才华，夸张点说，是"琴棋书画，无所不通"。如果这位仁兄肯坚持其中一样的话，我想肯定能弄出点名堂来吧！可是他偏不，诗歌写得好好的，又转而迷上了画画，刚画得有点味道了，却又迷上了音乐。结果可想而知，他是"熊瞎子掰苞米，掰一棒扔一棒"。

问及近况，他说："咱们工人有力量。"问他还写诗不，他说："诗歌已离开好多年。"问他还画画不，他说："画笔丢在青春年少的时光里。"问他音乐搞得咋样了，他说："吉他弦已断，尚未修补。"

人们为他可惜，可他却说，那些都不是他最热爱的，最近他发现，他最热爱的是表演。他已经演过几次群众演员，感觉很不错。

我说："你还折腾个啥啊，别的同学都已经成家立业，你却还在外边漂着。"他信心满满地说："别急，等我哪天演个男主角给你们看看。"

很多人都认为他不切实际，做人有点不靠谱。我却忽然间觉得，他像一只快乐的蜗牛，经过叶子的时候，喜欢上了叶子；经过露珠的时候，迷恋上露珠；经过花朵的时候，又爱上花朵……在不同的地方，看不同的风景，他或许只是一直在寻找属于自己最适度的风。

最适度的风，会让喧嚣归于平静，会让拥挤归于有序，会让杂乱归于清新；最适度的风，会将你内心的街道打扫得干干净净，会让你的灵魂愉悦。

# 简单有时是个好创意

文／雪雪多多

1970 年 5 月，台湾的达声公司和三和公司不约而同地推出一种反光雨衣，它的用途是为了夜间雨天的行车安全。

为了争取顾客，这两家公司展开了一场前所未有的竞争，同时推出了创意广告。

达声公司的广告画面精彩繁多，他们除了强调这款雨衣的反光性能以外，还说明了设计上的美观、穿戴时的安全。"安全、防雨又漂亮"都是达声公司要表达的内容。

三和公司的广告画面简单明了——黑黑的夜里，远处站着一个穿反光雨衣的人。"100米外你能看见我！"精短的广告词更突出了三和的强调重点——反光。

广告战打了没多久，达声公司就败下阵来，因为他们的雨衣销量仅为三和公司的1/4。达声公司所有员工都百思不得其解：明明是差不多的雨衣，为什么竞争对手的销量远超自己？

一个购买了三和雨衣的消费者道出了心声——达声强调那么多，抽象而笼统；三和广告的一个画面和一句话，既简单易懂，又突出重点，我们为何不选择它？

输赢一句话，所以，简单有时是个好创意。

# 就在你所在的地方生根开花

文／[日] 渡边和子　编译／烨　伊

我从小在东京长大，有一年却被任命为离东京近700公里远的冈山一所学校的校长。对我来说，这是一块充满未知的土壤。更何况，学校的第一任和第二任校长都是年过七旬的美籍老先生，我的年龄还不及前任校长的一半。对于这样的决定，不只校方感到惊讶，就连我自己都陷在震惊与困惑之中。尽管觉得勉强，但在那时，也只能硬着头皮走马上任。

初来乍到的城市、毫无准备的任职、考验阅历的任务接踵而至，这一切与我想象中的生活相去甚远，不知不觉中，我竟成了"委屈一族"。

没人愿意和我搭话，兢兢业业地操劳却得不到一句安慰，换不来一个理解。

我失去了信心，甚至开始认真考虑该不该退出。正当此时，一位朋友送给我一首英文短诗，第一句便是："就在你所在的地方生根开花。"

那位朋友大约是听说了我来到冈山这片陌生的土地，又不得已被架上校长的位子这件事。当然，也许是我苦不堪言的样子让他于心不忍，才将诗送给我。诗的下文是："不要因为难过，就忘了散发芳香。"

"就在你所在的地方生根开花"这一人生信条深深地影响了我。那之后，我尝试告别那个"委屈"的自己，主动向学生问好，做一个面带微笑、温雅有礼的人。让我意想不到的事情发生了：教职员工和学生对我的态度有了积极的转变，逐渐变得热情而真挚起来。

朋友赠我的诗告诉我，"在哪里存在，就在哪里绽放"。学习、工作、结婚、育儿，人的一生中"不可思议"的事太多太多。你的处境或许困难重重，或许残酷无情，或许荒诞不经，即便如此，也请保护好你渴望绽放的心，好好利用这段日子，深深地扎根，张开你生命的脉络，在自己所在之地生根开花。

# 最好的，尚未到来

文／猪小浅

闺密小美有句名言，她说五年后，我们都会很好。大一时，她把这句话作为 QQ 签名，一用就是好多年。

小美毕业后去了义乌，没想到这个大学英语四级考了四五次才勉强过关的姑娘，最终的事业竟然与英语密不可分。她在那个小商品城开了一家店，专门与外国人打交道，每天忙得焦头烂额。有次我问她，这五年之后的生活是不是自己想要的？她在电话那头笑着说："妞，相信我，我们还有下一个五年。五年之后，我们都会很好。"

那种语气里的坚定一下感染了我，不禁想到自己。五年前遥远的上海有点甜有点咸，可五年之后我却在这座城市安了家，在这里有了我这辈子最亲的人。我很知足，我确信这种生活是好的，也是我想要的。

记得奥巴马在胜选演讲里曾说"The best is yet to come"，真是爱极了这句英文，翻译过来是不是就是说"最好的，尚未到来"？不是不够努力，也不是不够坚持，而是，最好的，还没有到来。就像有个自由摄影师所说的，"任何事情最后都会有一个好结局，如果结局不好，那是因为还没有结束。"如果一直抱有这样的念想，整个人生也真的会因此变得亮堂起来吧。

因为知道最好的，尚在前方，因为知道最好的，尚未到来，所以永远不失望不放弃，踏实安稳地走脚下的路。

# 怎样学习才更有效率

文／[美] 嘉斯·桑顿

如果想学的东西有一大堆，该如何才能好好消化吸收？一般人倾向于先精通一样，然后再学下一样，也就是所谓的区块式学习法。但你知道吗？其实，东学一点、西学一点的交错式学习法，能让你进步幅度更大。

加州大学洛杉矶分校的心理系名誉教授毕约克指出，成功

的交错式学习能让你将每一种技巧"安置"在其他技巧之间；同样的道理，如果你研读的资讯，能够用记忆中其他资讯加以解读，学习力将会大幅增强。

比如，你不必花一个小时只练习网球发球，而是要利用相同的时间，学习各种技巧，例如反手拍、截击、高空扣杀和步法。

这会使人感觉很难学起来，因为，人们通常看不到学习立即产生的影响。专心练习发球一段时间之后，你会注意到发球能力明显大跃进；但交错式学习法强迫你同时练习许多技巧，却几乎察觉不出各方面有什么进步。不过，一段时间下来，这些小进步的总和，会远高于你花相同的时间，轮流精通每一种技巧的进展总和。

但是，要注意一件事：在某个比较高的层级，一定要有关联。如果你正在学网球，就必须交错学习发球、反手拍、截击、扣杀和步法；而不是交错学习发球、花样游泳、背诵欧洲各国首都，以及用 Java 语言写程式。

# 30 岁前，请撞墙

文 / yolfilm

30 岁前，请"投资自己"：学习未知的学问，锻炼欠缺的技能，见识陌生的世界，以及结交比你更好的人。

而最重要的是给自己犯错的机会。人不犯错，不能长进。

30 岁前，要把所有的荒唐、固执、勇气、梦想、幼稚、非理性、无逻辑、热血澎湃、一意孤行、不畏人言，一切一切可能的"疯狂"给实现了，即使不能实现，就算惨败了，你还能平地而起，还能打翻身仗。

30 岁之后，你就不能为自己活了，是为你的老板，为你的员工，为你的老婆孩子，为你年迈的双亲而活。

在我看到的世界里，30 岁之后，绝大多数的人，就开始没有自己了。也许有些人还能继续犯错，但种种羁绊会不请自来，躲也躲不掉。

30 岁，是道坎儿，因为你知道有这道坎儿，所以，30 岁前的你，一定要"虽千万人，而吾往矣"。一定要撞墙。如果不撞墙，你的人生，会失去很多意义，有一天，你会后悔，会对年轻时的自己失望。

# 数字励志公式（外一则）

文／佚　名

1.01 的 365 次方等于 37.8，0.99 的 365 次方等于 0.03。

其中 365 次方代表一年的 365 天，1 代表每一天的努力，1.01 表示每天多做 0.01，0.99 代表每天少做 0.01。365 天后，一个增长到了 37.8，一个减少到 0.03。

这就相当于人生的路程，每天多做一点点，积少成多，就会带来巨大的飞跃。

### 给大学新生的 7 条学习忠告

1. 大学不是中学，不要带着传统高中的方法去学习，上课只是形式，关键还是自学。

2. 大一的学习特别重要。第一学期往往能够决定你大学生涯整个的走向。

3. 大一你就应该思考四年后的目标：是继续深造还是就业、是考研或是争取保研、本科后出国读硕还是在国内连读。这些都很重要，事关你制订计划、调整大一的学习方法。

4. 考虑四年后继续深造的同学要特别注意：各学期学科的考试"绩点"都很重要。绩点是绝大多数高校衡量学生各科考试成绩的标准。

5. 如果大一出现期末挂科，你以后可能会失去很多机会，包括转院、转专业、奖学金、保研等。

6. 大学讲究的是学习方法，很用功的学生未必能获得更高的绩点。

7. 大一，学校允许或有条件时也可参与选修，但不适宜多选，应将精力放在调整和适应大学的学习方法上。

# 台湾清华大学的五处宝藏

文／一 明

台湾清华大学校长陈力俊表示，清大校园中的"宝藏"是五句发人深省的箴言隽语。

第一处是大礼堂内外可见的校训："自强不息，厚德载物"，为民国三年梁启超勉励清华学子的话；

第二处是物理实验室前，英国思想家培根的名言："读史使人明智，读诗使人灵秀，数学使人周全……"；

第三处是人文社会学院中："我们是什么，我们可以是什么"；

第四处在原子科学技术发展中心内，是胡适的题字："理未易察"；

最后一处则是在校长办公室内，为前任校长沈君山的题字："只缘身在最高层，不畏浮云遮望眼。"

# 积极进取，随遇而安

文／古　典

人类是好玩的东西，即使真的相信世界末日，年底却都还在热火朝天地订明年的计划。我理解他们：比世界末日更可怕的是，世界末日没来，而生活还要继续。

在讨论新年计划之前，我先讲个从一位大学教授那里听到的故事。

"那年我在博士毕业前，陷入不知往何处去的慌乱中。于是我向所长谈起了我的未来计划：第一选择是高校，第二选择是一家外企，第三选择是一家民企，最后还有保底工作。我讲完，站着不动，等待他指点迷津。但是所长完全不接茬儿，反而指着正在编审的一沓稿件说，'今天早上我审完稿子，准备发表的放一边，没选上的放另一边。结果一阵风吹来，稿子被吹落一地。我收拾时，在桌子下面发现一篇很好的稿子，是原来落选的。蹲着把它看完后，我决定将它发表。'所长讲完，就去工作了。我闷着头，突然脑海里闪过一句话：积极进取，随遇而安——这句话改变了我的一生。"

积极进取，随遇而安。这就是我想说的，为新一年制订计划的态度。

一个好的年度计划应该是这样的：七分安排，二分梦想，一分空白。

七分安排是你的基本分，包括三个方面：

职场：今年要做什么项目？达到哪些目标？读什么书，充多少电？

家庭：今年要做好哪个角色？要带给亲人什么？

自己：新一年期待自己会有什么不同？哪些能力要提升？

二分梦想是为了可能性——生活不会因为梦想就一定有收益，却会因为梦想而有趣许多。列一个梦想清单，不必刻意安排时间，在那些不

太知道自己要做什么的下午或周末，启动你的一个梦想吧。

最后一分留给空白。千万别把计划排得太满，因为你不知道世界会给你什么惊喜：留出五个周末什么也不干；少做一个月的工作计划……相信我，生命的规划远远比你自己的计划要好很多。泰戈尔说："不要填满生命的空白，因为那音乐正在空白处。"

# 未经选择的生活

文／张亚凌

生活一旦拉开帷幕，不能试验无法预演，更不会让你反复润色从容彩排，每句话每个细节每件事，都是原创首发。

唯其如此，便总是很用心地开言行事，生怕一不小心弄糟糕了自己。而另一个念头（我还可以选择其他生活）的存在，更让我产生一种如履薄冰的惶恐感。

我只能选择一种生活，倘若不能竭尽所能，不能生活得扎扎实实而有滋有味，岂不辜负了那么多未被选择的生活？

# 支配自己的幸福（外一则）

文／周国平

在很大程度上，你是可以支配自己的幸福的。我承认，一个人这辈子过得到底幸福不幸福，外在的运气等因素是挺重要的，但这并不意味着你就要完全被外界因素所支配。

不管你的命运好与不好，有一点你是可以掌握的，那就是价值观。你要弄清楚两件事情：一个是分清楚生命中什么是重要的、什么是不太重要的，然后抓住重要的，对不重要的东西看淡一点；另一个是分清楚两样东西，自己能支配的，那就好好努力，自己支配不了的，那就顺其自然。

人一定要自己做主，不要随大流。人家在那儿追求什么，你也去追求，那完全是盲目的。

你应该经常问一问自己的生命，问一问自己的灵魂，到底要什么，快乐不快乐，这才是最重要的。

## 往　事

珍惜往事的人会满怀爱怜地注视一切，注视即将被收割的麦田、正在落叶的树、最后开放的花朵。这种对万物的依依惜别之情是爱的至深源泉。由于这爱，一个人才会真正用心在看、在听、在生活。

有往事的人爱生命，对时光流逝无比痛惜，因而怀着一种特别的爱意，把自己所经历的一切珍藏在心灵的谷仓里。

# 所爱与所恶

**文／（台湾）张晓风**

"这是什么菜？"

晚餐桌上，丈夫点头赞许："这青菜好，我喜欢吃，以后多买这种菜。"

我听见了，啼笑皆非，立即顶回去：

"见鬼哩，这是什么菜？这是青江菜，两个星期以前你还说这菜难吃，叫我以后别再买了。"

"怎么可能？"

"怎么不可能？上次买的老，这次买的嫩，其实都是它，你说爱吃的是它，说不爱吃的还是它。"

同样的东西在不同时段上，差别之大，几乎会让你忘了其实它们原本是一个啊！

此刻委地的尘泥，曾是昨日枝头喧闹的春意，两者之间，谁才是那花呢？

今朝为蝼蚁食剩的枯骨，曾是昔时舞妓杨柳的软腰，两相参照，谁方是那绝世的美人呢？

一把青江菜好不好吃，这里头竟然牵动起生命的大怆痛了。

你所爱的，和你所恶的，其实只是同一个对象，只不过，有一个叫"时间"的家伙曾经走过而已。

# 读出书的"好处"

**文／路来森**

哲学家金克木先生给学生讲自己读书的秘诀时，说："读书，可以把书当成老师，只要取其所长，不要责其所短。"

国学大师熊十力先生曾教他的弟子徐复观阅读王夫之的《读通鉴论》。某日，先生问徐复观读了之后有何心得，徐复观回答说他读出了许多不能同意的地方。"你怎么会读得进书！"熊先生还没听徐复观说完就火了，斥骂道，"任何书的内容都是有好的地方，也有坏的地方。你为什么不先看出好的地方，却专门去挑坏的？这样读书就是读了百部千部，你会受到书的什么益处？读书，是要先看出他的好处，再批评他的坏处……"

# 在旅行中修行

文／郭小郭

我偏执地认为跟旅行比起来，旅游略显肤浅。旅游是在游山玩水，而旅行是在观察身边的景色和事物，贵在行路、赏景、怡心、阅人。因此，我觉得旅行的意义在于找到自己，而非浏览他人。

说到修行，对于普通人来说就是提高修养，约束德行。修行是一辈子的事，是一种自觉。

在旅行中，在路上，在大自然里，人是跳跃出来的，更能静下心来，观照内心，也更能看清自己，透析人生历程。不是吗？在熟悉的环境里，人会麻木，会把自己武装起来，自然很难反省并客观地认识自己、认识他人。在旅行中就不同了，一下子没有了惯常的世俗约束，或在高山大江前，或在幽深林木间，或在红日映照里，或在小桥大路边，时间足够，空间足够，好好想想过去、现在以及未来，想想自己真正需要什么，拥有什么，这才能领悟到要远离什么，放下什么。

在旅行的路上，不必争分夺秒，不必瞻前顾后。不刻意，不窃喜，不贪婪，旅行能抚平你心中纠结的尘怨、无聊的仇恨。行走在这样的路上，心境会越来越清澈、纯净，心胸会越来越宽广、仁厚，你不再为周遭的小事所恼，亦不受流言蜚语所困。

你不要把旅行看作是逃避现实，它恰恰是为了看清现实，因为是带着心行走的。

在旅行中修行，脚踏着土地，头顶着蓝天，听从着心灵的召唤。

# 幸福可以来得慢一点

文／周云蓬

曾经有那样的生活，有人水路旱路地走上一个月，探望远方的老友；或者，盼着一封信，日复一日地在街口等邮差；除夕夜，守在柴锅旁，炖着的蹄咕嘟嘟地几个小时了还没出锅；在云南的小城晒太阳，路边坐上一整天，碰不到一个熟人；在草原上，和哈萨克族人弹琴唱歌，所有的歌都是一首歌，日升日落，草原辽阔，时间无处流淌。

生命除了死亡还需要休息，思考需要一个菩提树下的坐垫，梦想要求一张安居的床。普通人渴望看得见摸得着能给自己带来幸福的 GDP，它可以增长得慢一点。他应该学习一棵树怎样生长。园丁欣喜早晨的枝头多了一朵小花；果农目睹果子由青转红；地球引领着春夏秋冬缓步走过；母亲十月怀胎一朝分娩。我们耐心等，幸福可以来得慢一点，只要它是真的。

# 不要把自己藏得太紧

文／赵元波

儿时最喜欢和伙伴们玩藏猫猫的游戏，往往一玩就是大半天，直到天黑了才恋恋不舍地回家。

每次伙伴们一藏起来，去找的人总是问一句："老鼠，老鼠叫一声。"藏起来的"老鼠"只要"叽"地叫一声，就给捉了出来，这是伙伴们最为快乐的时候。

有一位伙伴有点与众不同，他觉得这样的玩法太单调，特别是"叽"

地叫那一声，不就等于告诉对方"我就藏在里面"，那多没趣。于是他就把自己藏起来，无论别人在外面怎么喊叫，他都一声不吭，紧紧地藏在里面，不肯暴露自己。伙伴们找了一段时间，始终找不到他，怏怏不乐，以为他偷偷跑回家去了，于是不再找他，大家一哄而散。他为自己藏得那么隐蔽而暗自得意，就那么一直藏着不出来。直到天黑，他自己都觉得有点害怕了，才匆匆地钻了出来，却沮丧地发现，游戏早就结束了，只有他一个人还在坚持。藏猫猫的游戏一个人玩还有什么意思呢？把自己藏得太紧，也就失去了游戏的意义。

生活中把自己藏得太紧，就像一株藏在深山的兰花，往往只能孤芳自赏；把自己藏得太紧，就如同埋在土里的金子，发不了光，一生只能默默无闻。不要把自己藏得太紧，应该像一粒种子一样，遇到合适的机会，就要发芽生长。

# 最好的态度

文／马　德

这个世界，总有你不喜欢的人，也总有人不喜欢你。这都很正常。

刻意去讨人喜欢，折损的只能是自我的尊严。不要用无数次的折腰，去换得一个漠然的低眉。纡尊降贵换来的，只会是对方越发地居高临下和颐指气使。

也不能借用"喜欢"这种情绪，分出好人和坏人来，否则有失褊狭。

极致的喜欢，更像是一个自己与另一个自己在光阴里的隔世重逢——愿为对方毫无道理地盛开，会为对方无可救药地投入。这时候，若只说是脾气、情趣和品性相投或相通，那不过是浅喜；最深的就是爱，就是生命内里的黏附和吸引，就是灵魂深处的执着相守与深情对望。

有时候，你的无数个回眸，未必能看到一个擦肩而过。有时候你的心，并不一定能换来天使的礼遇。如果对方不喜欢，都懒得为你装一次天使。

所以，这个世界最冒傻气的事，就是跑到不喜欢的人那里去问，为什么？就是不喜欢，没有为什么。就像一阵风刮过，你要做的是一转身沉静走开。

一个人，风尘仆仆地活在这个世界上，要为喜欢自己的人而活着。这才是最好的态度。

勉强不来的事情，不去追逐。当你为一份感情而累的时候，或许对方也最累。你停下来了，你放下了，终会发现，天不会塌，世界始终为所有人祥云缭绕。

在喜欢你的人那里，去热爱生活；在不喜欢你的人那里，去看清世界。就这么简单。

有的人天生是来爱你的，有的人是注定要来给你上课的。你苦心经营的，是对方不以为意的；你刻骨憎恨的，却是对方习以为常的。喜欢与不喜欢之间，不是死磕，便是死拧。然而，这就是生活，有贴心的温暖，也有刺骨的寒冷，不过是想让你的人生变得更加丰富，更加完整。


# 趣味之魅

文／梁启超

趣味总是慢慢地来，越引越多；像倒吃甘蔗，越往下才越得好处。假如你虽然每天定有一点钟做学问，但不过拿来消遣消遣，不带有研究精神，趣味便引不起来。或者今天研究这样明天研究那样，趣味还是引不起来。趣味总是藏在深处，你想得着，便要入去。这个门穿一穿，那个窗户张一张，看不见"宗庙之美，百官之富"，如何能有趣味？研究你所嗜好的学问，"嗜好"两个字很要紧。一个人受过相当的教育之后，无论如何，总有一两门学问和自己脾胃相合。请你就选定一门作为终身正业或作为本业劳作以外的副业。不怕范围窄，越窄越便于聚精神；不怕问题难，越难越便于鼓勇气。

你只要肯一层一层往里面追，我保你一定被引到"欲罢不能"的地步。

# 精神灿烂（外一则）

文／张丽钧

凡清代画家石涛看得上眼的书画，定然符合他给出的一个标准，那就是——"精神灿烂"。

自打这个词语植入我的心壤，我发现自己几乎依赖上了这种表达。看到一株树生得蓬勃，便夸它"精神灿烂"；看到一枝花开得忘情，也赞它"精神灿烂"。在厨房的角落，惊喜发现一棵被遗忘的葱居然自顾自地挺出了一个娇嫩花苞，也慨然颂之"精神灿烂"。

在清末绣娘沈寿的艺术馆，驻足精美绝伦的绣品前，我一下子就明白了，为何这个女子能让一代魁星巨贾张謇为她写出"因君强饭我加餐"的浓情诗句，她将灿烂之精神交付针线，那细密的针脚里，摇曳着她饱满多姿的生命。她锦绣的心思，炫动烂漫，无人能及。

学校的走廊里挂着一些老照片，尤喜其中一幅，青年学生在文艺会演中夺了奖，带着夸张的妆容，在镜头前由衷地、卖力地笑。我相信，每一个从这幅照片前经过的人，不管揣了怎样沉沉的心事，都会被那笑的洪流不由分说地裹挟了，让自己的心也跟着泛起一朵欢悦的浪花。

美国著名插画家"塔莎奶奶"最欣赏萧伯纳的一句话："只有年少时拥有年轻，是件可怕的事。"为了让"年轻"永驻，她不惜花费30年的光阴，在荒野上建成了鲜花盛开的美丽农庄。她守着如花的生命，怀着如花的心情，把每一个平凡的日子都过成美妙童话。满脸皱纹如菊、双手青筋如虬的她，扎着俏丽的小花巾，穿着素色布裙，赤着脚，修剪草坪，逗弄小狗，泛舟清溪，吟诗作画。她说，下过雪后，她喜欢去寻觅动物的足迹，她把鼹鼠的足迹比喻成"一串项链"，把小鸟的足迹比喻成"蕾丝花纹"。92岁依然美丽优雅的女人，告诉世界，精神灿烂，可以击溃衰老。

在石涛看来，"精神灿烂"的对面，颓然站立着的是"浅薄无神"。我多么怕，怕太多的人被它巨大的阴影罩住。我们的灵魂情态，我们的生命状态，一旦陷入"浅薄无神"的泥淖，它所娩出的产品（无论是精神的还是物质的）定然是劣质的、速朽的甚至是富含毒素的……

相信吧！一个精神灿烂的人，可以活成一座花园；一个精神灿烂的群体，可以活成一种传奇。

## 无视我，这很好

创造了"56号教室神话"的美国小学教师雷夫·艾斯奎斯应邀来中国做客。当他来到北京一所学校，他从一间教室到另一间教室，一路走，一路惊叹。陪同参观的人都猜不透究竟是什么让这位美国教师如此兴奋、如此喜悦。谜底是雷夫自己揭开的。他说："我高兴地看到孩子们只管专注地学习、排练，根本就无视参观者的到来，他们不是特意为了展示给我看的。我去过很多地方的学校，为了欢迎我，学校会特意让学生为我表演。演出很精彩，但是我不喜欢。我不愿意看到因为某人的到来，孩子们被迫扮演起了玩偶。"

雷夫被誉为"全美最好的老师"。当然，雷夫还是个不想当校长的老师，他希望今生的每一天都在"56号教室"跟一茬茬小学生快乐度过。他说，他要创造一种"不害怕的教育"；他还说，他想把学校变成"令人激动的地方"。

雷夫在中国的日子，每天都要抽空打电话问候他的学生。他喜不自胜地告诉他的中国同行："我问孩子们想不想我，孩子们说他们生活得很好，不想我，并劝我别着急回去。"雷夫认为这是自己教育的成功，因为孩子们没有对他产生过度的依赖，他们能够独立地学习和生活。

在雷夫所获得的各种奖励中，我注意到了那个"善待生命奖"。这个笃信"一辈子，一件事"的人，把全部的爱都给了学生；然而，当被问及想得到怎样的爱的回报时，他说："我不需要他们爱我，我只需要他们信任我。"

# 脾气与本事

文／赵智勇

南怀瑾先生在《论语别裁》里写过一段话，大意是：上等人有本事没脾气，中等人有本事有脾气，下等人没本事脾气大。话很白，然耐寻味。

上等人有本事，心性修养到家，胸怀像大海一样宽阔，能容天下事。一个虚怀若谷的人，何事不容？既能容纳万物万事，何气之有？中等人虽然也有本事，但心性修养不够，胸中有物，心里有障，遇事难以自制，因此，时有脾气于人。下等人缺乏修养，惯于高估自己，总以为有本事，了不起，常居高临下，自以为是，由此，大发脾气也就成为一种常态。

三等人的脾气表现，与"越熟的麦子头垂得越低"有同等寓意。现实生活中，越是有才华、有能力、有功绩的人，越虚心、越谦恭，越和善，因为他们明白，"山外青山楼外楼"，世无限，时无限，事无限，认知无限，只有虚心谦逊，方可成就大业。反之犷俗者愈俗，自以为是，俗不可耐，终为历史所弃。

# 大美有缺

文／陈志宏

远房亲戚陪女儿来南昌看病，怕被人骗了，叫上我壮壮声势。

爱美之心，人皆有之，女孩尤甚。她素面朝天多年，一直没在意，临近婚恋，才急慌慌来看病。"病"得比较特别——脸上有疤痕，是儿时打碎饭碗割伤所致。原本样貌气质俱佳的她，有了这无法弥补的缺憾。

医生说："手术可以做，但完全消除疤痕不可能。"听到这话，亲戚心里颇有不甘，女孩的脸上愁云堆卷。犹疑复犹疑，女孩决定不做了。

她们要赶火车回家，我送她们上公交车。我和亲戚一直走在前面，回头却发现女孩不见了。原来她呆愣着站在医院门外的书报亭前。亲戚折回，问她："在干什么？"女孩说："妈，我要买本书。"亲戚责怪道："又没上学，还买什么书。"女孩固执己见，要了一本最新的杂志。在公交站台等车，遇一老人磕头乞讨，女孩将买杂志找回的零钱投进那个破搪瓷碗里。

书与爱天然含香。那一刻，这个脸有缺憾的女孩散透出一股奇异的暗香。大美在心。

2011年年底，朋友到甘肃会宁采访，回来后推出重磅报道，感动了无数读者。在上海打工的小伙子"字典李"看到那篇报道的时候，单位正好发了年终奖，厚厚一沓钱，着实兴奋，一激动，便网购了1200元的字典，送给会宁县贫困老区的孩子。孩子们收到字典后，朋友打电话告诉"字典李"。谁知这个80后小伙子说，下了单后，突然深感后悔，可已在网上成功付款，没有退路，只好作罢。这段小插曲，似乎印证了"字典李"的爱心缺乏足够的纯度和浓度。其实不然。这个小小的瑕疵还原了一个真实的人，见证了这次爱的付出所走过的心路历程。

小时候，村口一块老旧石碑上有古人镌刻的"求缺"二字，一直不明其意，染了一身沧桑，现今，算是深深领悟了：月，因缺而美；美，因缺而真。

大美有缺。

# 进食顺序

文／金惟纯

有朋友来家做客，开始用餐时就要先夹菜给我女儿，女儿说，要爸爸先用她才能用。朋友很惊讶，我说这是家风，他说已经很久没见到有人这样教小孩了，这回轮到我惊讶。

记得我看到动物学家在介绍动物社群关系时，尤其是权力结构时，有一个相当重要的名词，叫作"进食顺序"。意思很简单，吃东西的时候，谁先进用，谁就是老大。这件事攸关重大，弄错是会闯大祸的。

我对"进食顺序"的学习，来自母亲的家教。自我有记忆起，用餐时，长辈不坐下，我不能坐；长辈不拿筷子，我不能拿；每一盘菜，长辈没夹过，我不能伸手。

有关家教，这只是冰山一角，其他还有：伴行时要走在长辈左边、慢半步的位置；入座时，要等长辈就座才能坐，长辈起身要立即跟着站起；有长辈从屋外进来，坐在屋内的要立即起身……这些全是母亲教的。

我母亲出身乡下，没读过书，不认识字，我想她教我的，一定也是她小时候在家里学的。可见当时的社会，无论城市、乡间，无论受什么程度的教育，这是做人起码的规矩。

回想起来，母亲教的"伦理"，对我一生还真是受用。由于家教已自小"内化"在我的行为中，使我的个性显得比较内敛。最后的结果，是我在一些"恃才傲物"的优秀青年中，显得比较有礼数，因此颇得长辈之欣赏。于是，自读书时代到进机构任职的历程，我从来都不缺长辈的贵人。

我常听朋友说："我们这一代，是孝顺父母的最后一代，也是孝顺子女的第一代。"我却认为，即使自己不需要，也要设法让孩子孝顺父母，因为这是孩子的需要，否则他们长大既不知感恩，又不懂规矩，一生都遇不到贵人，注定要辛苦了。若是嫌教孝顺太沉重，就先从进食顺序开始吧。

# 蜜蜂应该偷懒

文 /（香港）李碧华

看到一个研究报告，不禁失笑。德国科学家进行了长时间的观察后发现："蜜蜂并不如人想象中那么勤劳。"

什么？我们从幼儿园开始，已经根深蒂固地认定：蜜蜂勤劳采蜜，所以冬天过得温饱，蝴蝶逍遥享乐，终于在北风中冻僵了。原来却是："蜜蜂非但不算勤劳，甚至有些懒惰，但记忆力好，可以从容地区分开许多颜色、图案和香味。尝过甜头，一辈子也忘不了。它们晚上花了八成时间睡觉，白天也常飞回蜂巢垂翅休息。"

今日大家是否从中悟得——

一个聪明的人通常是懒惰的，因为他懂得用快捷奏效的方法把活干完，不浪费精神力气。

早已看透世情："采得百花成蜜后，为谁辛苦为谁忙？"还不是老死？成果都让无耻的人类占据了，何必那么勤奋？

真正甜蜜的回忆，足以营养一生。


# 天　使

文／宫　立


英国诗人华兹华斯碰到一个8岁的女孩，发鬈蓬松，非常可爱。诗人问她兄妹几人，小女孩说我们是七个，两个在城里，两个在外国，还有一个姐姐一个哥哥，在她家附近教堂的墓园里埋着。小女孩还告诉诗人，她每晚带着点心与小盘，到墓园的草地里独自吃，独自唱，唱给她在土里眠着的兄姊听。任凭诗人怎样纠正，小女孩坚持回答说："可是，先生，我们还是七人。"难怪诗人发出这样的感叹："一个单纯的孩子，过着快活的时光，何尝识别生存与死亡？"

有一部电影描写的是一个小孩怀念已死母亲的种种天真的情景。她在园里看种花，园丁告诉她这花在泥里，浇下水去就会长大。有天晚上下大雨，小女孩睡在床上被雨声惊醒，忽然想起园丁的话，小女孩偷偷走下楼梯，到书房里拿上去世的母亲的照片，不顾倾盆大雨，一直走到园里，用园丁的小锄掘松了泥土，把她怀里的母亲的照片谨慎取出，栽在泥里。然后，她就蹲在那里守候。一个三四岁的女孩，穿着白色的睡衣，在深夜的暴雨里，蹲在露天的地上，专心盼望已经死去的亲娘，像花草一般，从泥土里发长出来！

# 安　静

文／柳再义

我并不认为上蹿下跳才是精彩的生活，那多么像猴子，也是一种劳碌。可以燃烧得充分一些，但是不要弄得狼烟四起。我从容地坐着。我看见地球照样在旋转，阳光从高空洒落下来，时间如小溪流淌，花开花落，似乎从来也没有离去。在这些更替里，我看不见任何忧伤。

大海从天空看都是蓝的，从远处看都是平静的。

我在我的内心航行。我就坐在原来的地方，没有什么能够阻挡，于静谧之中抵达远方。时光、距离，还有市井的嘈杂声，都被拆卸和隐藏。我看不到被时空束缚的场景，集合而来。

我就坐在屋里行走天涯，又像是翻看人生的画卷，而日子，也更加的优雅了。不要在得失之间煎熬，得到的没有得到，失去的也并没有失去。

# 取 悦

文／静 水

细想，"取悦"其实是最最荒唐的一个词：

似乎"悦"就在那里，单单等着你伸手去"取"。事实的"取悦"是，那里有一张铝合金般呆无表情的脸，等着你或以美言，或以笑靥，或以实惠让它改版。

聪明者取悦自己，亮丽自己，自成日月，小日子也会过得风起云涌；愚蠢者取悦别人，察言观色，身心俱累，大前景也蒙上灰暗。

# 乐 事

文／［日］吉田兼好　编译／田伟华

人不得已而要为自己操心的事，第一是食物，第二是衣服，第三是居所。活在人世，最大的事就是这三件了。不饥、不寒、不曝于风雨，清静度日，就是人间乐事。

但人都要生病，因病痛而愁苦，故需要医治。衣、食、住和医这四样，如果缺了，就是贫；如果不缺，就是富；如果四者之外还有所贪求，就是奢。

在这四样上，如果节俭一点，则没有人会不足。

# 极度安静

文／秦　湖

美国南明尼亚波利斯有这样一间无声实验室，它以玻璃纤维隔音棉、双层绝缘钢墙及混凝土建成。在这间实验室里面，99.99%的声音都能被吸收掉。使用该无声室的机构遍及全美，包括美国太空总署（NASA）也安排太空人到此，测试在模拟太空环境下多久才会出现幻觉，以及他们能否保持专注，也有生产商用来测试产品的音量、音质等。但是，就是在这样一个极度安静的环境里，却没有人能长久地逗留。迄今为止，在该无声实验室内逗留最长时间的纪录仅为45分钟而已。

当处于极静环境中的时候，人的耳朵也会跟着调节。这时候，人们听不到外界的声音，听到的只有自己的心跳声、肺部声音甚至胃部发出的咯咯声。而平日里，人们通常都是靠外部的声音来辨别方向。当外界的声音不存在时，人们就会无所适从，感觉难以忍受，严重者甚至会出现幻觉。

正所谓：物极必反。任何事物一旦走向了极端，很有可能下一步就是消亡。身体如此，人生，何尝又不是这样呢？

# 物品越少越能善加运用

文／［日］荒河菜美

与其拥有十个杯子，倒不如一个杯子使用十次。

物品变多，一点好处也没有。整理起来费工夫，使用时也得花时间选择，房间的空间也被压缩。正因为现在是个放任不管物品就会慢慢增加的时代，所以思考尽可能不增加物品，用较少的物品生活，才是聪明的生活方式。

物品一少，就变得会去思考运用的方式。

像学习也是，参考书、教材等都应尽可能地聚焦，反复学习，才能增加实力。在短期内学好英文的人曾经这么说："如果能够做完一本教材，就仅会留下不会的部分。换言之，可以明确显示自己究竟哪边还不懂。一明确，就可以针对不会的部分彻底击破。"

听说英语会话也是如此，并非要记很多单字，而是训练使用一个单字能够衍生出多少会话。

物品也一样，少量的话，就会试着活用现有的东西，没必要把大量的东西闲置在手边。


# 灭掉灯，有时能看得更清楚

文／［日］河合隼雄　编译／吴　倩

有几个人坐着渔船出海钓鱼，他们凝神垂钓，眼看天就暗下来了，于是慌忙准备打道回府，可不知道是不是因为海潮流向发生了变化，他们失去了方向。在一片混乱中，天完全黑了，倒霉的是还没有月亮，他们拼命地打着灯想要搞清楚方向，但却看不出个所以然来。

这时，同船的一位智者叫他们把灯灭掉。这下子，四下里就更是伸手不见五指了。然后，等眼睛慢慢适应了黑暗以后，他们惊喜地发现，原本以为是漆黑一片的周围竟然有一丝亮光，仔细看，原来是远处海边城镇上的灯光。借着这点亮光，他们找到了返航的方向。

我们通常认为，灯可以照亮自己前方的路。可为了找到方向，有时竟然要把灯都灭掉。

敢于把照耀眼前的灯——这大多是别人给自己的东西——灭掉，敢于在黑暗中凝神远眺，找出遥远的目标，不管对谁来说，这种勇气都是非常必要的。最近，贩卖华而不实的灯火的人越来越多，所以我觉得，我们更需要靠着自己的双眼在黑暗中冷静观察，仔细寻找了。

# 向着美好奔跑

文／丁立梅

阳光的影子，拓印在窗帘上，似抽象画。鸟的叫声，没在那些影子里。

我忍不住跑过去看。窗台上的鸟，"轰"的一声飞走，落到旁边人家的屋顶上，叽叽喳喳。独有一只鸟，并不理睬左右的声响，兀自站在一棵矮小的银杏树上，对着天空，旁若无人地拉长音调，唱它的歌。一会儿轻柔，一会儿高亢，自娱自乐得不行。

鸟也有鸟的快乐，如人。

也便看到了隔壁小屋的那个男人，他正站在银杏树旁，我不怎么看得见他。大多数时候，他小屋的门，都落着锁，阒然无声。

搬来小区的最初，我很好奇于这幢小屋，它的前面是别墅，它的后面是别墅，它的左面是别墅，它的右面还是别墅。这幢三间平房的小屋，湮没在别墅群里，活像小矮人进了巨人国。

隐约听小区里的人讲，他的父母先后患重病去世，欠下巨额债务。妻子跟他离了婚，并带走他们唯一的女儿。他成天在外打工，积攒着每一分钱，想尽早还清债务，接回女儿。

他的小屋旁，有巴掌大一块地，他不在的日子，里面长满野藤野草。现在，他不知从哪儿弄来了锄头和铁锹，一上午都在那块地里忙碌，直到把地平整得如一张女人洗净的脸，散发出清洁的光。

他后来在那上面布种子，用竹子搭架子。是长黄瓜还是丝瓜还是扁豆？这样的猜想，让我欢喜。无论哪一种，我知道，不久之后，都将有满架的花，在清风里笑微微。

男人做完这一切，拍拍双手，把沾在手上的泥土拍落。太阳升高了，照得他额上的汗珠粒粒闪光。他搭的架子，一格一格，在他跟前，如听话的孩子，整齐地排列着，仿佛就听到种子破土的声音。男人退后儿步，欣赏。再跨前两步，欣赏。那是他的杰作，他为之得意，脸上渐渐浮上笑来。那笑，漫开去，漫开去，融入阳光里。

生活或许是困苦的、艰涩的，但心，仍然可以向着美好跑去。如这个男人，在困厄中，整出了一地的希望。一粒种子，就是一蓬的花，一蓬的果，一蓬的幸福和美好。


# 会有更好的等你

文／黄小平


小童的父亲在县城工作，每当他父亲回家，就会带回好多好吃的给小童，而小童呢，总会把这些好东西分给他的小伙伴们。一次，小童揣了一袋子糖果，一个个分发给小伙伴，而唯独没有给我。那天，我心里很不是滋味，整天都在记恨着小童。第二天，小童悄悄把我叫到一边，从衣袋里取出几颗十分精致的糖果，说："这糖果最好吃了，我舍不得吃，也舍不得给其他的小伙伴们吃，特意留给你的。"

近日，读到这样一段文字：有时候，上天没有给你想要的，不是因为你不配，而是你值得拥有更好的。读完，不由记起了童年的这段往事。

人生的旅途中，当你想要的东西还没有得到时，不要急，不要躁，也不要恨，会有更好的、更值得你拥有的东西，在前方某个未知的驿站，悄悄地等你。

# 人 生

文／郭德纲

遇好晴天、好山水、好书、好字画、好花、好酒、好心情，须受用领略，方不虚度。人生苦短，一定要知恩、知足、知命、知道、知幸，心不贪荣身不辱。杨柳风、梧桐月、芭蕉雨、梅花雪、香椿芽、野菜根、茄子把、豆腐泥、俗与雅、素与荤，全能招呼，人生一乐也。

人生如戏艺海无涯。妆描文共武，杂拌酒和茶。今日里阳关三叠堪如画，明月夜冷雨凄风厌繁华。慢道你庸脂烂粉三俗乐，也只得且歌且舞且评跋。捆着有点木，吊着有点麻。风雷下，鱼龙蛟蛤混杂。谁比谁横，谁比谁滑？谁比谁傻多少，馒头都捡大个拿。看破人生梦一度，也只好携琴揽酒观山望水纸扇长衫笑天涯！

一人一世界，一草一乾坤。一言一生嗔，一棒一船人。一风一雨一霆震，一闪一挪一逢春。一任春华秋月闲辜负，一放利锁名缰且浮云。一手推出窗前月，一脚踏碎小人心。一盏清茗驱闲闷，一低头，一笑傀儡场中人。

桃李争先放，松柏耐时长。人生九个字，仁义礼智信，三纲五常。谁见天雷劈孝子，做贼哪有笤满床。阻不了风霜水火，辨不清是非阴阳。

独坐小窗观古画，逍遥倒比害人强。不闻干戈心不乱，利锁名缰挂山墙。老大人衣紫腰金食王禄，小学徒煎炒烹炸下厨忙。豆腐熬白菜，大葱爆肥羊。懒问兴衰事，饭罢测血糖。

人活一世，草木一春。低头做事，睁眼看人。齿以刚亡，舌以柔存。大贵由命，小贵由勤。同田俱富，分贝则贫。慈悲为本，方便为门。势败奴欺主，时衰鬼弄人。真金岂惧火，怕死不忠臣。疾风知劲草，逢难显高人。无本休言利，有货不愁贫。沥血栽花花不放，无心插柳柳成林。昨夜犬有伤人意，今朝鲤鱼跳龙门。

人生跟画画唱歌一样，画山有高有低，这叫跌宕起伏。如果我画的山都是一样的高度，那就是窝头，并不好看，也不符合人生。

# 着装的中庸

文／南　桥

中国人在美闯荡太不容易。职场野兽凶猛，被人裁员的故事司空见惯，大家也在总结到底什么原因，导致被雇主不再看重。我听一个老表批评另外几个被裁中国同事着装的问题，他自己总结了经验教训，衣服和鞋子每天都换新的，给人良好印象。只不过我比较悲观，觉得如果人若想让你走的时候，你就是一小时换一双鞋也没有用。当你的职业发展势不可当的时候，你就是找个垃圾袋套身上招摇过市，别人都觉得很酷。

回到着装的话题上：着装确实和成功没太大关系。请大家看看乔布斯，他常年穿着黑色老头 T 恤衫和牛仔裤。Facebook 老板扎克伯格，比乔布斯更灰暗，常年穿一件钢灰色的 T 恤衫，以至于他过 29 岁生日的时候，网上有人呼吁给扎克伯格送衣服。如果有人希望从中总结出什么成功奥妙以供复制的话，那就是：你外在的生活越复杂，你的大脑就越简单。你的外部生活越简单，你的内心世界就可能越丰富。你鞋子越多，点子越少。上帝分配给人的时间、精力都是有限的，你为甲事过多操心，在乙事上你自然就精力不济。

不过凡事我们都不能说得太绝对。每一行都有自己的潜规则。在IT这个行业，T恤衫牛仔裤这种轻松随意是常态。我去参加IT的行业会议，看到西装革履的人，就如同在葬礼上看到牛仔T恤一样奇怪。但是如果你从事管理咨询、营销、销售，有时候可能穿得"正式"一些更容易赢得客户信任。

苦就苦了一些既需要正式着装，但是又天生不那么喜欢的人。演员托尼·丹查给自己的演艺事业放了一年假，其间去费城一所高中教书。教书期间他得穿戴正规，怎么办呢？

他想出了一个妙招，他买了五套一模一样的裤子和衬衫，出于整洁和卫生的考虑，他每天都换，但是从星期一到星期五都一样；而他的领带，每天都不一样。

# 如何把好事搞砸

文／（台湾）刘孟奇

做好事之心，人多有之。

要把好事做成不容易，但要搞砸，则相对简单。

要把好事搞砸，最简单的方法就是不精算、少准备、缺资源、没配套。心里想，既然众人鼓掌叫好，当然是推出的速度愈快愈好、规模愈大愈佳。殊不知，一件明显的好事，之所以迟迟没有成就，往往不是别人不喜欢掌声，而是有内行人望而生畏的难点。

"既然是好事，就先做再说"。却没先对难点仔细摸底，并设想好怎么解决棘手问题。其结果很可能是未蒙其利，先受其害，弊端一一浮现，责难排山倒海而来。

没得到预期的掌声，反听到一片骂声的主事者，于是快快撤退转弯。这下就可以把一件好事彻底搞砸，顺便把赞成与反对的两方通通得罪。

要把一件好事搞砸，另一个捷径是自我封闭、拒绝沟通、缺乏同理心。

结果，下情不能上达，能够协助解决问题的人闭口自保，潜在盟友袖手旁观，利益被损害者誓死顽抗。一件好事至此，差不多又可以搞砸收摊。

想做好事的人，不免容易觉得自己是难得的好人。因为自己是好人，所以不能受委屈。

一旦遇到不平、看到脸色、被几句恶言批评，就被刺激到不行，或者自怜自艾，或者赌气丧志，于是好事就此无疾而终。

觉得自己是好人，容易出现的另一个症候，是觉得好人可以无所不为。

于是，指责人时口利如刀、不留情面，处理事时赶尽杀绝、无从转圜。侮人傲慢解释成疾恶如仇，欺凌无礼美化成求好心切。一句"我脾气不好"，就成为天赋特权。四处树敌的结果，就算是好事，大家也让你自求多福。

要把好事搞砸，还有一剂特效药，是没有耐心。

成就一件好事，通常需要天时、地利、人和。时机还没到来，要沉稳等待；环境条件不利，要长期经营；消解本位主义，要柔软沟通。这些都需要耐心。

俗语说："好事多磨。"没法耐得住"多磨"的人，不然就事事有头无尾，胎死腹中；不然就遇到问题粗鲁暴冲、迅速破局。要把好事搞砸，这些都是捷径。

# 说 No 的理由和方法

文 ／ ［美］赛里斯　编译 ／ 沈畔阳

## 要清楚自己的想法

很多时候你不想说"No"，是因为感到没有足够的理由，而不是缺乏说的动机。这时要想想自己的目的是什么？说了"No"情况会如何？一旦想清楚，说"No"就很容易。

## 知道不说"No"意味着什么

我们通常会对小小的请求说"Yes"，因为不需要花费太多时间与精力，可如果小事、小时间累积起来会怎样？这就是为何高官、高管日理万机，却还有与家人、朋友分享的时间，而有的人整天无所事事，却忙得不可开交的原因。

## 用你熟悉的方式

用你熟悉的方式传达"No"的信息：面对面、电子邮件、SMS、电话、QQ 等。电邮很好，写出来发出去，收到回复前再不必惦记；面对面可以立即知道对方的反应，现场讨论任何问题；SMS 你可以得到实时反馈又有时间编辑措辞。总之，你最得心应手的方式就是最好的。

## 要简练

让对方知道你做不到，一个简单的"No"就足够了，再说些类似"对不起，眼下真没办法满足您的要求"、"下次吧"的话，也会有不错的效果。不必做过多解释，这样会误导对方进一步挑战你的立场。要注意说"No"时别忘记尊重对方，表明自己不是轻易拒绝，而是经过认真考虑的。

## 愿意的话可以提出备选方案

这不是必须的——而仅仅是你愿意的话，可以提出替代选择：如提出你认为更合适的人选，推荐他人去做或自己不忙时可以考虑；如果你认为事情有改进的余地，自己又不能亲力亲为，可以提出合理建议。

## 首先写下来

如果对方的要求含混不清，先把自己想说的话写下来。你会发现开始时不知道怎样说的"No"，在写的过程中会慢慢浮出水面，写完反复检查、编辑，形成最后文本，一切水到渠成。

## 暂缓答复

暂缓答复是表达不感兴趣的好办法。我常常把想说"No"的邮件束之高阁，想上一段时间再答复，那时对方也就知道了我的意思。如果对方纠缠不休，有时甚至不回复就是最好的回复了。不必担心，生活对于每个人来说都在继续。

# 老师十戒

文／青　篱

1. 永远不要说："这题我上节课不是讲过吗？"一遍就会的不是学生，是复读机，而所有的复读机都已经保送名校了。

2. 让学生讨厌你的最快方法就是对他们说："你连这个都不会？"

3. 不要轻易说"这题很简单"，除非你能让它变简单。烂老师的口头禅是：你们自己回家去看。

4. 离谱的老师讲完题直接讲下一题。没谱的老师讲完题问一下：这题你们听懂了吗？能够及格的老师会说：刚才这题老师有没有讲清楚？

5. 用"我建议"代替"你必须"，哪怕是为孩子好。再冠冕的强迫也是强迫，再善意的控制也是控制。

6. 叫错或者记不住学生们的名字。

7. 走到学生旁边问他（她）有没有听懂的时候，不要让附近的同学听到，因为没有一个孩子喜欢当着别人的面说"不知道"。

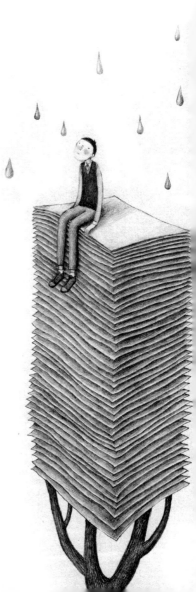

8. 如果同时遇到几个女学生，校花和路人妹走在一起，先向长相普通的学生打招呼；如果遇到几个男生，先向内向的打招呼。

9. 课堂上答疑时，优待貌不出众、内向的学生。越是长得普通、没有特点的同学越是需要老师给予足够的关注。

10. 家长在场的时候，尽量照顾到所有学生，不要让任何一个家长误以为他的孩子没被老师注意。在我们眼中，乔布斯的母亲和乔狗剩的母亲都是母亲。

# 接受自己（外一则）

文／扎西拉姆·多多

如果可以接受自己也不那么完美，就不用忙着去粉饰了；

如果可以承认自己并不那么伟大，就不用急着去证明了；

如果可以去放弃自己的种种成见，就不用吵着去反驳了；

如果可以不在乎别人怎么看自己，就不用哭着去申诉了；

如果可以慢半拍，静半刻，低半头，就可以一直微笑了。

## 内观则自知

我们真的如自己以为的那般了解自己吗？我们又是否对那份了解有足够的确定？当我们努力向他人证明自己的时候，会不会其实是证明给自己看的？当我们为了他人的评价而奋力辩驳的时候，会不会是说给自己听的？

内观则自知，自知则自明，自明则不争讼，安之若素，如如不动。

# 看不见的流星雨

文 / 黎武静

于琐碎世事中遇到一些坎坷挫折时，便想起夏季那一场看不见的缤纷流星雨。

那年夏天，拿着遥控器晃来晃去，偶然停顿的画面上，主持人正在预告着盛大的英仙座流星雨，晚上和凌晨都会出现。凌晨就算了，晚上倒是大好时光，无事可做百无聊赖时看看流星雨也是好的。

于是一整天都有了好心情，觉得有一件美丽的事情在前面等待。闷在 11 层高楼里昏天黑地地忙活时，都充满着雀跃的小小喜悦，电梯停电时居然高高兴兴地去爬楼梯，推车疾走时哼起多少年前的山歌：山对山来崖对崖，蜜蜂采花深山里来。

夜幕缓缓拉开时，才惊觉小情小调地观看流星雨是一个不可能完成的任务。墨色如染的天空阴云密布，像一幅深浅自若的水墨风情，遮挡了仰望天空的视线。原来，很多事情并不能如期待中一样，在时机来临后如期实现，当你想要看一场盛大的流星雨，只要一个多云的天气，就可能一颗星也看不到。

即使如此，也不用沮丧，那璀璨华丽的流星雨正在云的那一面，落英缤纷。宇宙中的感动，不需要观众。

生命中有很多意外，没有什么应不应该。这一场看不见的流星雨却让我无意中懂得，不是所有事情都会按部就班，不是所有期待都在明天到来，流星如雨时，不一定遇到晴天。

在这样无意的时刻学会释然，之后遇到些小小挫折时也不觉得挫败。

很多事努力过就好，晴天阴天不是我说了算。改变天气不如改变心情，那一场盛夏的流星雨，错过路过都是一点前缘。

　　顺其自然，何妨开怀。

# 赤子之爱

文／江泽涵

在报纸上读过这样一个故事：一个男人爱冲冷水澡，儿子也跟着学，不小心感冒了，男人安慰："不要紧，听说感冒发点烧会杀死细小的癌粒，不得癌。"

当晚儿子睡得不老实，一会儿把胳膊放在爸爸脖子上，刚拿开，腿又压到肚子上，刚睡着，被子被蹬掉了。男人冻醒后，第二天感冒了。

男人醒来，儿子已经上学去了，桌上留着一张纸条："爸爸，你终于感冒了，你不会得癌症了。"

文学家喜欢讴歌父爱母爱，人们津津乐道的也是大人的爱，很少说到一些实在的人子之孝，我真想说说这个"子爱"。

台湾作家黄春明的朋友时常会给他送巧克力、花生酥之类的甜点，黄的儿子国骏会很快偷吃掉。他见冰箱里甜食没了，以为国骏爱吃，便又买一些放进去，国骏再次吃光。几次后，他对国骏说："想不到你这么爱吃甜食。"国骏生气道："我哪里爱吃？还不都是为了你。"因为黄春明有糖尿病，可他的很多朋友不知道。

这就是赤子之爱。


# 爱的差别

文／刘建宗

这是学生在作文里写的自身的真事。

女孩叫侯春，家里很穷，母亲独自供养她读书。中秋放假时，同学送给她一个米旗月饼，很贵，32元。她没舍得吃，打算回家和母亲一人一半。

晚上，女孩帮母亲收拾好屋子，拉着母亲的手，神秘地说："妈，今天过节，我有好东西给你！"

母亲微微一笑，说："我也有一样东西送给你。"说罢，小心地从抽屉里拿出一个月饼，竟然也是米旗的。"过节了，这是邻居给我的。你拿去边看电视晚会边吃！"

女孩拿着月饼突然愣在了那里。

侯春在作文结尾写道：同是拿到一个月饼，我想到的，是和母亲一人一半！母亲想到的，却是给我一个人吃。这难道就是女儿之爱和母亲之爱的差别吗？


# 火　花

编译／李冬梅

您和孩子一起玩的时候，您把他抛到空中，可是他还在咯咯笑，因为他知道，您肯定会接住他。这就是信任。

尽管生活中有很多不确定性，但我们还是每天都规划未来。这就是信心。

每天晚上睡觉时，尽管不知明天是否一定会醒来，但我们还是给闹钟上弦。这就是希望。

每天我们都会看见周围有很多情侣反目成仇，很多夫妻劳燕分飞。但不管怎样，我们还是义无反顾地步入了婚姻的殿堂。这就是自信。

# 植物女子（外三则）

文／安妮宝贝

美好女子的定义是，她若走进人群之中，如同遗世独立，突兀的存在会让他人立时感觉空气发生变化。

女子若有些男子的品格，便会有一种结结实实的美。喜欢略带中性气质的女子。这种中性气质，不是说她不能穿高跟鞋或小礼服裙。中性气质，代表一种内心格局，一种力量所在。

少女像墙头蔷薇一样绚烂天真，是人间的春色。成熟之后的女子，就当接近树的笃定静默。她们的存在，是对活色生香世间的恩惠。她们稀少而珍贵。

## 恋爱

恋爱是华美的形式，是一次奢侈的偶然路见的烟花大会。你怎么能够知道自己什么时候能够遇见这盛会？而当你经过的时候，它刚好在你头顶爆发。有些人也许从来没有遇见过，也从来没有想象过。有些人遇见过多次，也知道它是什么样子。无非这些区别而已。

唯一不变的是，你知道它是一场烟花大会，绚烂高远，时间有限。停下来，用全部身心的力量，观望它，感谢它。在它熄灭之后，安静转身，继续走上黑暗夜色中的道路。也许这就是所有恋情的本质。

## 爱需要怜悯

爱之中需要存在怜悯。它本是海中的船，摇晃颠簸，朝不保夕。有了怜悯，才可以成为海中倒映的云影，与大海各不相关，又融为一体。

有了怜悯，爱将处于整体性的时间和空间的概念之中。人与人之间，才不会轻易而盲目地分离。

如同深夜看到对面的高山失火，火焰熊熊，无法抵达搭救。我们曾有过的感情，它是艰难的损失，也是昂贵的美景。

### 藏好心里的一颗明珠

即便纠缠混乱的感情，对刚强的心来说也是一种训练，但是人生苦短，消极的人和事物还是要放下它们。判断的标准其实很简单，能带给你平静和力量的人，带你靠近光亮的人，跟着他。那些引发出你的嫉妒、狂乱等种种无明的人，在识别到自己的缺陷之后，离开他。

人和外境是不可分的。没有人可以孤立存在，我们需要爱与被爱的关系。但让自己尽量减少对他人的需索、依赖、贪婪、占有，这是独立，可以更好地去爱别人。如果内心有独立和平静，那些伤害你的或者骚扰你的力量，不会引起你的惊恐，你会越过，或者把它们转化成另外一种培育你的力量。它们等同于清静。

即便污泥斑驳，反复无端，藏好心里的一颗明珠。

# 活着就得像个爷们儿

文／弦歌雅意

在我们这个小圈子里，欧阳两口子的相处模式曾经让我们叹为观止。

如今的男人们，明里暗里都不掩盖自己怕老婆这个事实。这不仅是时尚，也让自己感觉颇良好——总算够上绅士的一个标准了。欧阳不。欧阳媳妇儿低声抱怨欧阳不肯换工作，两地分居诸多不便。此时欧阳只要大眼珠子一瞪，他媳妇儿就委屈地闭了嘴。有人冲欧阳借钱，欧阳敢当众和自己的媳妇儿商量——其实就是通知一声。

欧阳媳妇儿看欧阳的眼神，文艺点讲总是那么心醉神迷。顺着他媳妇儿的眼神扫过去细查，我们疑惑欧阳哪里就那么有魅力，可以让他娶了十年的媳妇儿仍感觉初恋一般。

岁月本该静好，欧阳小夫妻却提前尝到了"无常"两个字的滋味。莫名发了半个月的低烧，媳妇儿被查出患了肺部恶疾，而且是晚期了。

欧阳当时在单位任要职，但他还是递交了辞职申请。好友劝他用另外的方式补偿自己的媳妇儿，欧阳淡定地回答："不用替我想借口。"

为了让媳妇儿尽量用好一些的药，他还卖了自己的一套两居室。岳父母犹犹豫豫地问："你真想好了卖房子？别忘了还有孩子呢，我们可以贴补你们一些。"欧阳平淡得像刚处理掉积存了两个月的旧报纸一般："我有分寸。"

病房里，他逗她："傻子！跟我要心眼儿骗我回来。我看你还是傻吃傻喝傻活着，认了自己是个傻子吧。"媳妇儿笑得岔气儿。

最后这些日子，媳妇儿配合着欧阳傻吃傻喝，却不肯傻活着，最终还是去了。欧阳为了她，放弃了自己的大好前途，搭上了卖房子的50万，剩下的10万，交由岳父母存起来养老。

朋友们说：欧阳够爷们儿。女人们后来也终于明白欧阳媳妇儿为什么对他总是那么"心醉神迷"了。

给了欧阳一年的疗伤期后，朋友们纷纷张罗好姑娘，要给欧阳成个新家，便问他的择偶条件。欧阳毫不矫情，他说："很简单。只要待我女儿好，我女儿也喜欢她，人家也能看上我，就成。至于我自己，好将就。爱情不爱情的，我会跟人家好好过日子。"

我跳起来，"你就算心里这样想，也别这样说呀。找一个你女儿喜欢的——这可犯了女人的大忌！"

"讲明白了比较好。一个大老爷们儿，怎么能老把自己那点需要放在第一位？"欧阳说。

世间的缘分就是奇怪，就有那样一个女人说："就算他不爱我，我也愿意跟他结婚，还有比做他的妻子更幸福的事儿吗？"

如今，欧阳和那个女人结了婚。那天在街上碰到一家三口，小女儿穿着新媳妇儿给买的棉布小旗袍，晶莹剔透，小公主一般，脸上的幸福，像花儿绽放。

怎么会没有爱情呢？像欧阳这样的爷们儿，当然配得到女人的心醉神迷。


# 相亲莫穿新衣（外一则）

文／苏　岑


"若是去相亲，你会穿什么？"

无数姑娘都会回答："穿我最中意的那件衣服。"

但有一点，若这件最中意的衣服你从未穿过一次，在相亲时，还是请把它放回衣柜吧。

商场试衣间的灯光总能造就出非凡的穿衣效果，让顾客信心满满地为它埋单。但走到日光下，真正的效果如何，还是要穿上一天后才能得出真实的结论。而这个结论，需要周围人的评价来帮你一起完成。

这就是良好的表现力法则：当你去一个陌生的场合，会见一个陌生的人，做一件陌生的事，如果感到些微的紧张，那么就一定要以你最熟悉的状态去赴约。穿熟悉的衣服，带熟悉的物品，因为这种熟悉的氛围会让人增添自信，同时能在陌生的情境下释放出最自如的状态。

## 太过年轻的尊严

既然喜欢，为何又总在最年轻的时候放手呢？

20岁时，面对喜欢的异性，人人都在做戏。佯装冷漠，不惜故意去激怒对方。在年轻人的心里，这是示爱的方式，虽然，体会在对方的心里，只会以为对面那个人真的讨厌自己。

很多年轻女孩，也把这种故意的冷漠和激怒，当成是对他的考验："只要他真的喜欢我，总会不顾一切地来追求我。哪怕我对他不理不睬。"

有时候问她们："凭什么认为他就一定会顶着压力、冒着风险来追求你呢？如果一旦追求失败，他是不是要面对你的轻视和嘲讽？"

她们说："当然不会，我会让他追到，我不会嘲讽他的。"

只可惜，这一点他不知道。

20岁的女孩大多是清高的。即便喜欢得要死，也要摆出一副爱答不理的架子，一边等他来追，一边心里急得直跺脚，"这个冤家，怎么还不来？"

可 20 岁的女孩并不知道，20 岁的男孩子通常也是清高的。即便曾有过动心，常常他也会刻意摆酷、故意爱答不理。因为，若是对面的女孩对他不够热情，他会害怕承担追求失败的风险，害怕丢面子。

有些爱，太无尊严。贱价的爱，赢不来尊重。有些爱，太求尊严。太尊贵的爱，也吓跑了真心人。

如果这一次失之交臂，多年后的某一天，若再重逢，那时的他和她，必定会有许多遗恨。可那时，也许一切都已晚了。

跟他的交往中，态度温柔点、再温柔点，对他笑的时候，笑得久一点、比对别人更久一点……女人的爱，若不表示出来，有可能他永不会知晓。男人若不知晓女人的爱，就有可能永远不敢来追她。

也许他和她，都怕失面子。可是当他们年龄更大一点的时候，就会明白，跟颜面相比，爱更重要。


# 爱无解（外一则）

**文／杨争光**

爱是一个事实，不是一个问题。

爱是行动。但不是寻找题解的行动。

爱无解。夹着算盘将无法去爱。

所谓得与失，多与少，好与坏，都是算盘发出的声音，与爱无关。

爱者应该对被爱者报以感恩——正是因为它的存在，才使爱成为事实，并得以呈现。也包括"单相思"。

## 学会放弃

实在想不通，是否可以试着不再去想？

实在无力解决，是否可以试着不再徒劳？

想不通的问题，是否本来就不是问题？

或者，是你和他人为你虚拟的一个"伪问题"。

学会放弃。是谓自救。


# 和你在一起

文／〔法〕安德烈·高兹　编译／袁筱一

我觉得我并不曾真正地生活过，我总是站在一定的距离之外观察我的生命，只拓展了自己的某一个侧面。

作为个人，我是贫瘠的，而你一直以来都比我富有。你在所有的空间里盛开，你与你的生活处于同一水平；而我却总是匆匆奔赴下一项任务，仿佛我们的生活永远只能在稍后才真正开始。我开始思考，什么是应该放弃的次要的东西，放弃了它我才能集中精力追求最重要的。而归根结底，只有一件事对我来说是最主要的，那就是和你在一起。


# 诺　言

文／（台湾）蔡康永

恋爱时脱口而出的诺言，都是真心的，如同季节到时，树梢结成的

果实那么真。

只是你也知道，果实从离树的那一瞬，就开始快速地迈向过期，若没能及时吃掉，再怎么香的果，都会变得腐坏难闻。

所以啊，恋爱中的诺言，到后来常令我们难受，并不是因为它们当初就虚假，它们很真，只是过期了。

## 恋爱真谛

文／[日]吉田兼好　编译／文　东

世上的事，最令人回味的，是始和终这两端。男女恋爱，也是如此。恋爱之真味，不只在于日日相会长相厮守。有时要因暂难相会而忧虑重重，有时要悲叹缘分之变幻莫测，有时独自辗转到天明，有时遥寄相思于远地，有时则远避他乡而追怀往日。凡此种种，都体验过了，才敢说，明白了恋爱的真谛。

## 飘荡的尘埃

文／[马来西亚]朵　拉

如果没有爱你及你所爱的，每个人不过

是一粒飘荡的尘埃。人尽其一生，不断在寻找，所有的寻觅和追求、目标和目的都是爱。可惜，爱你的人，往往不被你爱，你爱的人，却不爱你。这是无法感动别人、唯有自己心酸的悲剧，日日上演，毫不精彩，没有人观赏的片子，观众永远是自己。大家极力在孤独的生命旅程中，茫茫然地寻觅另一个人的体温，怕寒冷、怕孤寂、怕无依无靠。大家都在害怕，怕自己会变成一粒飘荡的尘埃。

# 最初的爱最客气

文／张小娴

爱情最开始的头六个月，你要好好珍惜。过了这六个月，当你们愈来愈亲密，愈来愈相爱，日常生活里，你们最晦气的嘴脸和最不客气的说话都会毫无保留地表现出来。

开头那六个月，我们会把臭脾气和缺点藏起来，让对方看到自己最好的一面。我们说话会特别温柔，躁狂症也会变成开心果。大男人会化身成为小男人，大女人也会变身成为小女人。

过了这六个月，我们再也隐藏不住本性了。这个时候，我们认为应该让对方看到自己最真的一面，而不是最好的一面。

因为对你真，才不再虚伪；因为你已经是我的，大家也不要再客气了。

不客气的说话包括：

"不要烦我！"

“我才不想再跟你说！”

“闭嘴吧！你以为你自己什么都懂吗？”

板起脸孔或不瞅不睬，更是家常便饭。热恋时那个温柔而又充满耐性的你和他，已经永远消失了。

每一段感情，也会逐渐变成这样。最真的一面，往往不是最好的一面，只有最初的爱情是最客气的。


# 欲　望

文／朱文娟


欲望，有时是吞噬身心的鬼魅，把人推入万劫不复的深渊；有时又是追求幸福的动力，是生命火焰得以燃烧的柴火。

1823 年，35 岁的大诗人拜伦已经开始失去欲望了，他的生活变得无聊，死一般的无聊。于是，那年夏天，他跟着军队朝希腊进发，准备将生命献给战争。行军途中，他致信诗人歌德，倾诉自己的苦恼。

当时，歌德已 75 岁高龄了。一个风华正茂的生命没有生活目标，没有情人，不想结婚，更不敢谈恋爱，将生活寄托于一场战争。而另一个风烛残年的生命却正准备向一个年轻的女人求婚，他的情感像一个年轻小伙一样浓烈。

歌德是在拜伦的鼓励下向那个年仅 19 岁的姑娘求婚的，他对这场有着巨大年龄差距的爱情怀着万丈激情。拜伦闻讯后，在异国他乡更加忧伤，他说自己是年轻的老人，而歌德是年老的年轻人。

一年后，拜伦在一场没有结果的战争中病死。临死前他对医生说：

"我对生活早就烦透了，我来希腊，就是为了结束我所厌倦的生活，你们对我的挽救是徒劳的，请走开！"而那时，年迈的歌德还在那个美丽女子的身边享受着生活，他的诗作一篇比一篇华丽而又激情澎湃。

让人迷失自己的有时是欲望，有时又是没有欲望。断了欲望，就是心的死亡。

太多的欲望会拖累人的心灵，但失去了欲望，生活将只余下无聊、孤独和死寂。

# 爱对方的真实

文／[德] 尼　采

爱不是占有年轻貌美之人，也不是想尽办法将优秀之人纳为己用，进而操控、影响对方。

爱也不是寻找、分辨和自己相似的人，更不是全然接纳喜欢自己的人。

爱是喜欢和自己完全不同的人，喜欢对方的真实状况，即使对方的感受与自己完全不同，也能喜欢对方的那分感性。

爱不是用来填补两人之间的差异，也不是强迫其中一方委曲求全；能够喜欢彼此的差异，才是真正的爱。

# 缺　口

文／[英] 毛　姆

从来都无法得知，人们究竟为什么会爱上另一个人。我猜也许我们心上都有一个缺口，呼呼往灵魂里灌着寒风，我们急切需要一个正好形状的心来填上它，就算你是太阳一样完美正圆形，可是我心里的缺口，或许恰恰是个歪歪扭扭的锯齿形，你填不了。

## 最好的分手是沉默

文／书生柏小齐

真正有道德的分手是快刀斩乱麻，既然不爱了，就一定要狠心地放下，感情就像投资一样，拖不起，拖下去只有死路一条。说说如何分手的秘诀。

1. 不要删除任何联系方式，如果放下了，自己就不要联系，即便对方联系，误解也罢哭诉也罢恳求也罢，不要有任何的回音，对你，对他/她都是好事。特别是不要再去辩解，再去争论分析在这场感情中究竟谁对谁错、谁最委屈。感情是没有真正对错的。千千万万的对错都交织在一起，真正有的，只有爱和不爱。

2. 积极做事，在读书的话就好好做功课，在工作的话就全身心工作，唯有充实，内心才不会空虚。

3. 积极运动，以驾驭自己肉体的方式去体验灵魂的深度，你会发现你永远有机会变得更好更新。

沉默是金，唯有沉默，才能新生。

另外，刚刚分手之后，切莫急切地去寻下一段感情，那不会是真爱，那只是替代品。待某一个临界点来临，你自然会知道自己已然新生了。

在任何一段感情中，当裂隙出现后，都会有一个人处在更弱势更易受伤的位置。我想说的是：

如果你是那个先不爱了的人，那么，你决定放下后就沉默吧，不要把对方勾着吊着，拖死他／她，这太残酷太自私了，人心真的是可以被熬出血泪的。

如果你是那个被抛弃被放下的人，无论再心痛再难熬，都沉默吧，不要再去乞求、哀伤，为他／她做出一切可能的疯狂的事。他／她不爱你了，你就什么都不是。

再美好的曾经，也不能如此践踏你生命的尊严。我们，都要去爱值得爱的人。

# 如果他不爱你

文／萱小蕾

她是开朗大方、美丽优雅的女子。工作体面，家世清白。像一块光滑干净的彩色绸缎，在阳光下闪闪发亮，却迟迟没有恋爱，当然不乏有人明里暗里的示好追求。明里的都给她婉拒了，暗里的她也不会有闲心去发现。

无论哪一种，都不会在心里留下任何涟漪，只因，心里装着一个人。

那个人，在青春年少时，就钻进了心里。校园里追寻他的身影；纸上写满他的名字；手机里存着他的照片；空间里，他是她唯一的"特别关心"，微博里，他是她唯一的"特别收听"……

但如此种种，却应验那句话：再优秀的人，也会有个人不爱你。

他便是那个不爱她的人，他不是不知道，只是不想知道她的心意、她的心思。面对她多年的特别关注，他表现得很淡漠。她觉得委屈，处处追问为什么。问急了，他便说，你不是不好，只是我不喜欢你。

那句话，年少时他就说过。她以为是自己不够好，多年来奋发向上，把自己变得更优秀、更动人。可那个人，仍然不爱她。

她最后一次追问他具体原因时，他只好耐心地解释："我要的爱情是种感觉，是一眼即心动的感觉。而不是外在的种种好，如果我爱，那个人是什么样、优秀与否都不重要。但你那里，没有我要的感觉……"

他的解释，在她听来还是像一个借口、一个推托。这大概也是她一直不肯死心的原因。她的人生，因为爱上这个不爱她的人，多年来饱受伤心难过和委屈。

其实她不知道，他说的是真心话。

爱一个人，有时无关你身上的光环和叠加的东西。你是公主或天仙，王子或骑士，都不会让所有人都爱你。因为每个人心里，都有一个爱情的样子。他喜欢的，你身上找不到。那么你其他的优点对他来说，都是无足轻重的。

那么，若有人不爱你，你为什么要悲伤？

你只是不符合他要的爱情的样子，就算你知道他要什么样子的爱情，你也不要刻意学成那个样子。所以当有人不爱你时，不要怪他，不要追问，也不用刻意知道他想要什么样的人，然后把自己改变成他要的。

做你自己，你现在有的，一定有另一个人会喜欢。

有句话说：如果你愿意，我就喜欢你，如果你不愿意，我就单相思。

我们可不可以不这样，我们可以说：如果你愿意，我就爱你，如果你不愿意，我就爱别人去了。

因为爱情里最好的事，是我爱，恰好，你也爱。

# 惊喜的价值

文／潘少拉

可能每个人都见识过一男人捧着大束玫瑰在女生楼下长等的场景，绝大多数人觉得这男的居然这么痴情，其中包括男主角本人。

男人在烈日下等得玫瑰都蔫了，女生终于出来，接过花说了句，你走吧，我对你没感觉，然后转身把一整束花丢进了垃圾桶，留下傻眼的男人和身后围观者的满楼欷歔。

其实就是这样，对于没在期待的人，突然袭击只有惊，没有喜。这种惨案发生过无数次，但男人永远不理解。居然会因为在电视剧里看见过女主角被惊喜感动，就锲而不舍拿这招追姑娘，结果劳民伤财赔交情。扪心自问，你真以为恋爱这档子事儿是惊喜能搞定的吗？

如果细细计算，跑遍全北京主要旅游景点拍照，再做个横幅打出"×××我爱你"，整个过程两个工作日之内就可以完成，还不及洗半个月碗花的工夫多。而买束花再站两小时还不如跑个5000米费劲儿，怎么会有理智清醒的姑娘为了这点缺乏技术含量的招数就为你转身呢？

可惜，当一个男人完全沉浸在自己制造的浪漫气氛中时，他不会注意到这姑娘到底是在眉目传情，还是横眉冷对。男人往往以巨大热情感动了自己，却以尴尬收尾。最惨的结局，出现在去年十月。一男人自以

为是抢了两张 Adele 演唱会门票，在办公楼门口等着，结果女同事从容接过票，写了张支票给他还含了 10 美元小费，然后拉着别的男人去看了。这都是为什么？

那些看你顺眼的姑娘不管受不受惊都会跟你在一起，看你不顺眼的姑娘不管多惊也不会有喜。那些纯粹为了惊喜跟你在一起的姑娘，多半要成为《绝望的主妇》里的 Gabbie：什么时候惊喜停了，关系也就差不多停了。总之女人爱惊喜，但未必需要你做男主角。

# 不爱就不计较了

文／（台湾）吴淡如

得出他过得不好，瘦了很多，满脸愁容，还来不及啜饮咖啡就急着向她吐露心事。

"她要跟我离婚。我真不知道哪里对不起她……你知道，我不抽烟不赌博不喝酒……我也没有对不起她，我发誓，我没搞过外遇，可是现在她看我像看仇人一样。"

他说："她上个月就搬回娘家去了，前两天，她竟然还要人打电话来，叫我付房租，因为房子是她的……还跟我讨以前的水电费，说我至少要付一半……"

他老婆对他十分刻薄。"她从来不给我面子，在很多人面前也会给我难堪，嘲笑我……她说她瞎了眼才嫁给我……我真的有那么烂吗？"

碧宇听着他不断地诉说自己的痛苦。他是个很爱诉苦的男人，她知道的。

"我真的有那么烂吗？"他又问了一次。

碧宇知道，现在的他最需要安慰，"不，你是好人，你很善良。"

听她这么说，他的脸上稍微绽放出欣慰的表情。嗯，他的确和他老婆相处得很糟。碧宇想。

看来，这个男人完全不明白，他的问题都出在他太小气上。他不抽烟不赌博不喝酒没错，但这些恶习都比不上他的小气，连买洗发精都会跟她计较：你的头发比较长，你该多付一点儿。自己吃她的喝她的，却都理所当然。然而，这么小气的男人竟还因为外遇离开她！虽然这事发生时，她好恨，但离婚不久后她就明白了，这是上天给她机会，让她有理由离开。

现在，他遇到一个会跟他计较的女人了吧……碧宇心里难免有痛快的感觉。因为这个男人是她的前夫，他的现任妻子是当时的外遇对象。为什么自己要浪掷那么多年青春在他身上？当时只因他长得比别的男人好看。他的现任妻子，应该没想到自己千辛万苦争到的是一个小气鬼吧。

当他又开始像坏掉的唱片一样不断重复抱怨时，碧宇推说有事，起身付了账，像旧时一样，总是她付账，他也都视为理所当然。

"你最好，你都不计较。"最后，他补上这一句。

她笑了笑。当时其实是计较的，只是计较也没用。现在当然不计较，不爱就不恨，不恨就不计较了。

她答应要见他，只是想要亲耳听他说，他有多么不幸。她并不需要告诉他，为什么他的婚姻总会出问题，这都不关她的事了。

# 他们只懂单恋，不懂相爱

文／宁　静

　　"我只是喜欢那个不喜欢我的你。"看到这句，我想起了很经典的那一句："你到底喜欢我什么，我改还不行吗？"虽是玩笑话，可真契合这个故事。

　　当一个男生遇到心仪的对象，他想到的就是如何取悦她，能做让对方高兴的事情就是自己生活的全部。正如小月所说，大学四年这个痴情男做牛做马追了她四年。

　　正是因为有这些真情实意的行动，小月被一点点感动，尤其是那句"没事，我养你一辈子"，终于感动到决定和他在一起。可是两人交往没多久，小月就发现痴情男性情大变。就连她为他做饭洗衣，他不仅不会特别开心，反而与她渐渐疏远，最后居然发展到和同事劈腿，在网上找人暧昧，被发现时的解释竟然是："我也不知道。以前，我的目标就是追到你并让你快乐。可是现在，我们天天在一起，你做什么我都觉得没兴趣。可能，我只是喜欢那个不喜欢我的你。"

　　为什么当初能将自己低到尘埃里追求小月的他，现在竟然满不在乎这历尽艰辛收获的幸福？仅仅用"得到了就不再珍惜"是不是就能解释这个男人得到之后莫名其妙的荒唐行径？

　　我把这个故事告诉身边的一位男士时，"犯贱"是他首先脱口而出的两个字，接着他补充道："只能说明这样的男生很不成熟，他的思想只是停留在恋爱的层面，还没有做好恋爱以后共同生活的准备。"

　　这痴情男当时那样一心一意对小月，并不是因为心里有多爱她，更重要的是希望通过自己的行动向小月和小月的追求者证明自己的存在感。他只是一门心思地去做而已。而当他做了这些，他内心就获得了满足，因为他找到了自己存在的价值。

我并无意否认痴情男在大学四年里对小月的真心，不过我更多看到的是，痴情男不期望那些行动在他自己内心得到回馈。也许，他在这四年的熏陶里，还真把自己当情圣了，他是那样地陶醉在自己可以为小月付出一切的无私情怀里，他甚至觉得自己变得伟大起来。其实，他压根儿就没想到过有一天，心中的女神小月会转身向他，会青睐他这样渺小的人物。

所以，我只能说他后来所做的一切与之前判若两人，不是他这人本质有多坏，而只是他真的很单纯，单纯到只知道单恋该怎么办，却不知道该怎样开始一段你情我愿的爱情。往更深层次说，就是他只是以为自己爱上了，其实并不知道相爱是怎么回事。

有时候，我们一厢情愿地去爱，可以为对方付出一切，可是当真正开始一段感情，我们却暴露了幼稚的本心。

# 爱情沉醉的春夜

文／黑王辉

三叔喜酒，但酒量不大，每饮必醉。醉酒之后，说得最多的便是他和三婶之间的爱情。

他说他和三婶是一日不见，如隔三秋，相思断肠。那时，他们同在一国有大厂上班，都住单身宿舍。他下班，看不到她，会站在楼下喊："尚丽红，尚丽红。"三婶不理他，他就一直在楼下扯着嗓子喊。三婶终究是女孩子家，脸皮儿薄，只好对楼下说："别喊了，我下来就是了！"听着熟悉的声音，三叔心里像吃蜜一样甜。见到三婶，他就捉住她的手不放，两人一起去吃饭、散步。

那个春风沉醉的夜晚，三叔下了夜班，走在路上，明月在天，微风徐徐，三叔觉得很舒爽。他立刻想起了三婶，想和她一起坐在河边的石桥上，说说话。可等他站在楼下喊时，三婶同宿舍的女孩却说："别喊啦！尚丽红一下班就回家了。"三叔顿时蔫了，心里的气愤不快一起涌来，回家也不跟我打声招呼！不过，他很快就原谅了三婶，并为三婶找了十多个开脱的理由。三叔看着树荫下窃窃私语、成双成对的情侣，忽然，他做了一个惊人的决定，那就是去三婶家找她！

三婶家离三叔所在的厂矿有30多公里，一路上还很崎岖。可三叔顾不得多想，一冲动，便骑着自行车上路了。凉风习习的春夜，三叔觉得自己浑身有使不完的劲儿，他蹬着自行车往前飞奔。还好，那时有月亮，可以朦胧照出前方的路。不过即便如此，三叔行到荒无人迹的山路上时，心中也有些发毛。三叔想到书中的强盗土匪、民间传说中张牙舞爪的厉鬼，他觉得自己的头发一根根竖起来，脚下蹬得飞快。

忽然，三叔蹬不动了，他心里怕得厉害，心想，这下完了，被恶鬼缠上了。谁知，下车后他才发现，原来是链子掉了。他不敢怠慢，手抖着装上车链，再上车，嗬，又能骑了！三叔觉得自己战胜了迷信，在春夜中唱起了当时流行的歌曲，从《十五的月亮》唱到《信天游》。

三叔终于在深夜时分到了三婶村口。那时他俩还没正式确立关系，三叔不敢贸然进村，他害怕村里的狗狂叫起来，人家把他当小偷打。不行，在柴火垛先猫一夜吧！明天早上再去她家找她。三叔说那是他一生中最刻骨铭心的一夜。蚊子的滋扰、小虫子的钻爬，让他不胜其烦。但想起三婶，他觉得吃再多的苦、受再大的难，也是值得的。就这样，在昏昏沉沉中熬到天明，他起身，拿掉身上的麦草，到小河边洗把脸，然后从容地向三婶家走去。

三婶插话说，清早起来意外见到他，听他说昨夜就来了，气愤不过就捶起他来，捶着捶着便倒在他怀里。不过，也就是那一刻，她决定一生跟着他，无论水里还是火里。

每每听三叔讲他们的爱情故事，我就很羡慕。如今，通讯发达了，联系方便了，生活条件好了，可我们能有那样的爱情吗？

那爱情沉醉的春夜啊，真让我无比羡慕，尤其是和女友坐在咖啡馆、电影院里的时候！

# 如果她不是唯一

文／韦　杰

相信你看到过，或者你本人就是：一个从小乖巧听话、好学上进的男青年，对她千依百顺，逢叫必到，每天送早餐，每晚接下班，临睡嘱晚安。她想要，你尽量满足；她想吃，你寻转全城；她病了，你披衣送药；她开心，你陪她疯；她不开心，你循循善诱……鲜花、礼物、台词，最后她说，她喜欢那个坏小子。

你的人生观崩溃了！你面面俱到，她喜欢那个一无是处的臭小子！悲伤、失落、狂醉、一蹶不振……朋友说："你不该对她太好，太好不珍惜。"网上说："要做坏人，坏才有前途！"你忽然觉得对！立志走向从前的对立面，不去做爱情的 Loser，粘起那颗玻璃心，不再受爱的伤。多年以后你遇到下一个，发现基于长久以来的习惯，还是忍不住对她好。十几二十年的教养，让你使不出那些苦闷的夜里默念过千遍的坏。

无论是朋友圈，还是网上，语境里都是基于这样一个前提：大部分人某个时段的生活圈里认识的女生都是固定的、有限的，10 个、20 个，最顺眼的、可追求的，只有她一个。所以，思维策略无不下意识地以她为中心，投其所好，极尽权谋之能事去弄。

爱情的本有模样，应是萧伯纳说的这样：此时此刻在地球上，约有两万个人适合当你的人生伴侣，就看你先遇到哪一个。如果在遇到第二个之前，你已经跟前一个人发展出深层关系，那后者就会变成你的好朋友；但若没有，感情就容易动摇、变心，直到你与这些理想伴侣候选人的其中一位拥有稳固的感情，才是幸福的开始、漂泊的结束。

搭讪是最能接近这一理想状态的。只要把"心动的"、"想认识的"作为标准，理论上你可以认识的人就是无限的。如果她不是唯一，"好"人就不需要往他所恶心的"坏"去改变。你此前只不过所托非人，只要继续好下去，将好得迂腐的部分剔除，将好得自私的部分摒弃，将好得不够的部分做得更好，面向所有你喜欢的女生展示这个闪亮的自己就可以，吸引来也喜欢你这款的女生，从中选取最先喜欢你的或你最喜欢的，终成眷属。

这是我最大的心得，这一爱情观的转变不亚于哥白尼转变。此前，古人看世界是"天圆地方"；此后，你看待男女关系将是：你是太阳，不是一颗小卫星！许多长久以来纠结不清的问题也随之迎刃而解，爱也从一种束缚变为释放生命的亮彩！


# 致他悲催的青春

文／张宏涛


看完《致我们终将逝去的青春》，我感慨很多，女主角郑微和痴狂女子施洁疯狂追喜欢的男生的样子，让我不由得想起了大学同学阿良。

阿良玉树临风、一表人才，是全班最帅的男生。可惜刚进大学校门两天，悲剧就开始在他身上上演。隔壁班一个很泼辣还有点中性化的女生喜欢上了他。

这女生的行为比郑微追陈孝正的办法有过之而无不及。她每天都在教室门口堵阿良，晚上大家在教室看书时，她也经常会出现在教室门口，然后喊："阿良，你出来一下。"

阿良很烦，也根本不想出去，但若不出去，她就会在门口一直喊："阿良，你出来……阿良，你是要我进去拽你吗？"

全班同学都会用异样的目光看她和阿良。阿良最后往往招架不住这些目光和议论，被迫走出去。刚开始，我们常常听到阿良的怒吼："你别烦我行不行？"但没有用，那女孩总会以更大的声音说："可是我爱你！我今生认定你了。"有一次，我们还见到那个女孩跪在阿良身后，紧紧地抱着他的腿，不让他走，还说："你不要走，如果你敢不理我，我就自杀。"

就这样，经过一段时间无效的抵抗后，阿良屈服了。每次那女孩一出现在我们班门口，阿良就会乖乖出去。每次回来都低着头，灰头土脸的样子让人看了觉得很凄惨。

本来一个爱说爱笑的帅哥，就这样变成了一个愁眉苦脸、垂头丧气的人。

有一次，有个同学在宿舍里笑着说："你运气真好，有那么一个爱你爱得死心塌地的女朋友……"阿良直接把杯子摔了，脸色变得吓人，吼叫着："她不是我女朋友，我跟她没有任何关系！"从此以后，我们再也不敢在他面前提起她，他也很少再和大家聊天了，变得沉默寡言。

阿良苦大仇深和灰头土脸的表情陪伴我们度过了整个大学时光。领了毕业证后，阿良就消失了。在当晚学校统一组织的毕业聚餐上，阿良也没有露面。那个女孩找不到阿良，就挨个问我们，可我们也不知道他去了哪里。后来，班里有同学组建了 QQ 群，全班人都加了，阿良除外。网上的校友录里，阿良也一直没来过。那个女孩倒是来过几次，每次都问我们知不知道阿良在哪里。

直到现在，我们都没有阿良的任何消息。看到《致我们终将逝去的青春》里的类似情节，突然想起他。有人觉得女主角追男主角的样子很可爱，可我却觉得阿良的青春好悲催。也许，这段时光成了他挥之不去的噩梦。也许在他结婚前一晚，还会梦到她来找他……

爱一个人，首先要尊重对方。青春和爱，都不应该是控制他人的借口。

# 爱情，比我们想象的更坚持

文／苏　洋

姐姐和姐夫是大学同学，毕业时的姐夫，成绩平平，能力平平，长相平平，家境更是连平平都算不上。我妈妈已经为姐姐安排好了工作，她坚决不让姐姐和这样的男人在一起。

他们像许许多多大四情侣一样，毕业即分手，一个留南，一个回北。那年姐姐 22 岁。

三年过去了，两人很少联系，更是没有见面，只是生日时，姐姐会收到姐夫寄过来的礼物，情人节时，姐夫会在网上订花送到姐姐办公室。

姐姐到了 25 岁，还没有男友，家人开始着急，紧锣密鼓地安排着介绍她相亲。不少优秀男子对姐姐表示出爱意。我跟着瞎着急，埋怨她不懂得接受。但是她每次都笑笑说，不喜欢，没感觉。一般情况下，故事会如此演绎下去：姐姐会淡淡地恋爱，淡淡地生活，走入婚姻。

2012 年 5 月，姐姐 26 岁生日的那一天，她接到了姐夫这么多年来少有的一个电话，他只说了一句："房子买好了，工作也给你安排好了，回来结婚吧。"

我不知道姐姐当时哭了没有，但是我哭了。"过来结婚吧"，简单的5个字，给了我巨大的冲击。那些我和姐姐一起躺在床上聊他们故事的夜晚，那些因思念与无奈落下的泪水，那些所有人的怀疑和批判，在这5个字面前，分崩瓦解。

现在，姐夫在国企做到了中层，姐姐在一家很不错的公司上班。他们在十一国庆节举行了婚礼，曾经的不易与艰难，全变成了满满的幸福。

一个一无所有的男人，4年里他经历过什么，他是如何从零奋斗到这样的地步，是什么让他独自忍受过风雨，这样笃定地坚信着爱情？

我终于明白了姐姐为何拒绝他人，用青春流逝去守望等候。如果心里有了一个人，任谁也再无法走进。

在这样一个纷杂浮躁的年代，还有爱情在坚守。


# 异地恋

文/毛 利

前两天去参加一个婚礼，一切平淡无奇如同所有婚礼该有的模样，除了介绍新郎新娘如何相恋时，新娘忽然大哭，从哽咽到抽泣最后差点号啕，景象仿若王宝钏苦守寒窑18年，老公终于回家了。于是众宾客全把头从杯盘狼藉中抬起来，要看个究竟。

其实没什么稀奇，就是她和新郎官相恋4年，种种原因，其中两年都是两地分居，多次走在分手边缘，最后爱神发威，才订了终身。我不止一次听到女人抱怨异地恋的种种艰辛，比如别人终日耳鬓厮磨，只有自己整天形单影只，什么困难都要自己来，有男友等于没男友，还要半夜痴等对方一个电话，想到极处，不过水中捞月一场空。

奇怪的是，尽管异地恋有诸多不好，也不能阻挡无数男女投身其中。一旦一个女人开始了一段异地恋情，因为种种不易，她已经率先拔高这份爱情的规格，当然是真爱，才会忍受两地的痛嘛！这话说起来，仿佛不是异地的爱情全都是因为贪便宜图方便，毫无爱情可言。

实际上异地恋之所以如此艰难，又如此迷人，原因大概是爱情总要来点阻隔，才会显得像份真爱。这种阻隔在不那么发达的社会可以有很多种，封建社会所有凄厉悲惨的爱情故事我想你都不陌生，因为家庭阻力，即封建社会的枷锁云云，不门当户对的恋人宁愿让他们浸猪笼也不能成其好事。古代人寿命又短，生死两隔也是爱情不如愿的重要因素，大把诗人一边搂着小妾一边泣血悼妻。于是想想现在，这可是一个男人上台说几句话，就能领走一个女嘉宾的时代，这个时代街角随随便便就能撞上几十个命中注定，网游打上一礼拜能娶两个老婆。爱情得来毫不费功夫，于是分手更易如反掌。

只有一种恋情，还保持着古老的味道，一旦拥有，就交织着痛苦、甜蜜、哀愁等数种爱情元素，那就是异地恋。

所以你不必抱怨异地恋苦，也不必抱怨自己少占了很多便宜，你是为想象中的爱情在买单。时间积累越久，越觉得自己伟大如爱情女神。

这么一想，又有什么好苦？

# 暗恋的珍珠

文／西岭雪

在无数次水流的吸入呼出中，有一粒沙，随水漂入了牡蛎的家，嵌入它的皮肉，就此生根。牡蛎在流泪，流着痛楚的泪，并用这泪液包裹沙粒，以此来缓解疼痛。

那乳白色的分泌物凝结起来，经过多少日月的痛苦沉淀，终于养成一颗绝美莹润的珍珠。

谁能想象这绝美背后所经历的辛酸疼痛？

有些爱情也是如此。

沉默内向的女子，像花瓣包裹花蕊那样幽闭着自己的芳心。忽然一日，那个命中劫数般的男子闯进了她的世界，或许只是惊鸿一瞥，或许早已莺花别抱，总之他之于她，并不如她之于他那般惊喜随缘。

于是，那闯入带来的便只有痛楚、折磨、惊悸，像沙粒进入眼睛，芒刺扎进皮肉，拔也疼，不拔也疼。

有些坚强的人是会想方设法去拔除的，看眼科医生也好，针挑刀挖也好，甚至不惜剜眼断指，拼着血流如注也要切除隐患，从此云淡风轻，两不相干。

但也有些人，宁可抱着隐秘而尖锐的疼痛恒久忍耐，也不肯激烈地孤注一掷。于是，便把自己打造成一颗含沙的牡蛎，天长日久地怀抱着这绝望的爱情，沉默地流泪、无声地等待，直到生命终结，真相大白——当它的壳被撬开，皮肉剜出，一颗浑圆的珍珠终于脱颖而出，但她为此付出的，却是生命的代价。

在影视小说中，这样的爱情是被同情、被讴歌、被礼赞的。它

因沉默而名贵，因牺牲而难得，因痛苦而成就。

但对于真实的人生而言，这实在是一种误导——爱情，应该是执子之手，两情相悦的。一厢情愿的暗恋如同怀沙的牡蛎，用一生的泪去换取一颗美丽的珠，虽是高贵的，却也是暗淡的，终生见不得光——而当她见光且发光的那一日，便是生命结束的时候。这样的爱，你愿意要吗？

爱上一个人，唯一的办法就是要尽快告白，合则来，不合则去，绝不要做一颗怀沙的牡蛎，永久地生活在黑暗和痛苦中，独自饮泪！

# 爱，不留后路

文/唐　浚

我想来想去，历史上还真没什么爱情奇谈佳话跟备胎有关。

但没办法，生活中那么多实例证明，备胎多好使啊：感情平顺时，它挥之即去视之不见；感情苦恼时，它马上化身树洞让你哇哇吐；对方忙的时候，它能帮你扛煤气；你被对方发好人卡后，它还能马上变身为你的泄愤工具。好处那么多，怪不得备胎成为居家旅行恋爱婚姻的必备工具。谈个恋爱，手上没俩备胎，说出去都不好意思跟人比装备。

但对不起，我告诉你，真正"赞"的人，谈恋爱是从来不留备胎的。看中了，投进去，一翻两瞪眼，赢了，继续玩儿；输了，走人，后面不缺人。

《东京爱情故事》，在这部日本开山偶像剧中，最讨厌的人就是女二号里美，为什么？不就是因为她心里心心念念喜欢的人是那个风流潇洒的三上，却把男一号完治当成了史上第一号大备胎。她坏吗？她一点也不坏，她有着大部分女人最典型的心理：爱一个人好辛苦，被人爱好舒服。

没什么，就是自私。

爱情是什么？或者说我们向往的爱情是什么，当然是那个人让你仰慕，让你魂牵梦萦，让你心惊肉跳，让你想起来不禁反问自己：我何德何能，我喜欢他，他竟然也能喜欢我？在这种情况下，爱当然是需要力气、耗费心力的，千言万语，"那个人"是需要你踮起脚来够一够的。

而备胎……嗯？低下头，那一坨就是了。

喜欢一个人当然要花费力气，光是确认对方是真的喜欢自己而不是幻觉这一点就累得半死；再要想：他喜欢我，那他还喜欢什么，我给他做到，又累个半死；更别提因为心心念念满脑子都是他，而提心吊胆地担心他喜欢上别人，这番平白消耗的精力，更是累到筋疲力尽。反观备胎，你什么也不用做，打一个委屈伤心的电话，来点芥末泪光，你看吧，捶背的捶背，端洗脚水的端洗脚水，赌咒发誓的赌咒发誓，奸猾点的直接掏戒指下跪了……

于是你蔫坏沧桑地叹一声：爱一个人好难。

爱一个人是好难，问题是你专心地爱一个人了吗？以一副倾家荡产、在所不惜的魄力搏过命吗？莉香有，所以她虽然输了，可是全世界都爱她，全世界都觉得完治配不上她，与三上最后好上的那个女孩子，也是抛下未婚夫，什么都不要豁出命来跟他好的。

她们配得上这个。

而有一份让自己心动的爱情，却终因患得患失而存了个备胎的人，不用怀疑，你最后一定是会和那个备胎在一起的，因为大家都省过力，也知道省力是什么东西。这也没有什么不好，只是，不要在这件事上谈爱情。

爱，从来就不应该是一件留后路的事情，你给自己留了后路，你能有的，也只有后路。

你可以岁月静好，但你挡不住有一个人，永远以一副熠熠闪光的笑容，留在彼此的记忆里。

## 不浑的湖（外一则）

文／黄小平

最近，朋友因别人对他的一句谣言，弄得心神不宁，坐卧不安。

一日，我与朋友在湖边散步。"谣言可畏啊！"朋友突然感叹。

"你能搅浑这湖水吗？"我问。

"这么大的湖，怎么可能搅浑呢？"朋友说。

　　"是呀，一个小水坑，用一根棍子就可搅浑它；一口小池塘，用一根竹篙就可搅浑它。"我说，"别人的一句谣言，就把你的心搅浑了，那只能说明你的心只是一个小水坑、一口小池塘，还不是一面宽阔的湖啊！"

## 自己温暖自己

小时候，总以为被子是有暖的。直到有一天，父亲对我说，被子本身并没有暖，也不能产生暖。

那为什么在冬天，我们盖上被子，身体就不冷了呢？我问。而父亲说，盖上被子，我们之所以感到暖，那暖不是被子给的，而是我们自身的暖，是我们的身体产生的暖，被子只不过阻隔了外面的寒冷保住了我们的温暖。

我们总认为，一切温暖都来自于我们的体外，比如太阳，比如火炉，殊不知，我们的心就是一颗太阳、一只火炉。

有一种温暖来自于自身，有一种温暖滋生于内心，当我们处于寒冷、孤独、寂寞的时候，我们完全可以自己温暖自己。

# 美　心

文／陆基康

罗丹说"生活中不缺少美，而是缺少发现美的眼睛"，那主要是针对艺术家们而言。对于常人，美是用来欣赏的，所以对于美更普遍的说法应该是："生活中不缺少美，而是缺少欣赏美的心态。"

你想"邪恶"则内心黑暗，怕见阳光；"势利"则眼睛直盯着"钱"与"权"；"刻薄"则只盼着别人倒霉；"怨恨"则整天怨天尤人；"怯懦"则总是胆战心惊……怀有如此心态的人能有心情顾及身边的美吗？朋友，调整心态做好人，因为您的生活会因好心态而变美！

# 喜欢的天气

编译／班　超

旅行者问：明天的天气如何？

牧羊人说：将是我喜欢的那一种。

旅行者问：你怎么知道是你喜欢的那一种？

牧羊人说：道理很简单，先生。烦恼的一大根源，就是想得到自己喜欢的，排斥自己讨厌的。我知道不能总是得到我所喜欢的，所以，已经学会总是喜欢我所得到的。这样，我便敢肯定地说，明天的天气是我喜欢的。


# 悲观是一种缺德

文／宋石男

我曾有过如末日来临般绝望的时刻，比如情人分手、亲人重病，但这时刻不会太长。

悲观是一种缺德，绝望就更等而下之。

我更愿意持有的态度，是不幻想，也不绝望——你怎样，未来就怎样。你自由，未来就不可能被奴役；你直立，未来就不可能伏地；你种植，未来就稻米流脂；当然如果你放弃，未来就是人间炼狱。

# 看着我的眼睛

文/陈 刚

如果说在这茫茫的人海之中，你难以断定，谁是你真正的朋友，那么你就多注意他在不同场合、不同情境里的眼神，它比语言可靠。

眼睛直通心灵，眼神欺骗不了别人，甚至骗不了自己。它是人体器官中最不受大脑支配，最不善于掩饰的器官。

一个对目光敏感的人，他的心灵一定不会迟钝；一个对目光警觉的人，他的行为一定不会放肆；一个对目光洞悉的人，他的智慧一定超越凡俗。

看着我的眼睛，我的心扉将为你敞开，我的爱恨再没有遮拦。我的眼里会辐射语言难以传递的电波，我的眼里会燃烧文字无法点燃的火焰。

# 求知心与同理心

文/（台湾）丁菱娟

职场上最重要的两种心态就是求知心以及同理心，求知心用在做事，同理心用在做人。

有求知心的人必定积极、上进、具有好奇心，渴望学习与成长。这样的人在职场上永不放弃，不会便宜行事，会以知识或成就的满足来砥砺自己。所以有求知心的人通常不用担心他们在工作上的表现，他们的求知心会催促他们把事情搞懂，把事情做好。

有同理心的人会站在别人的角度思考事情，不会以自我为中心，在职场上自然容易与别人相处，也比较有团队精神，能与他人合作。在职场上，他们的人缘特别好，他们人助自助，懂得"退一步海阔天空"的道理，于是他们有需求时，别人也乐意帮忙。

求知心与同理心是做人处世的理性与感性，是职场做事做人重要的两种态度，兼具求知若渴的坚强心，同时又具备为团队着想的柔软心。

这样的人才当然不可得，求知心强的人通常聪明但孤傲，不擅合作。同理心强的人却又很容易妥协，放弃自己的坚持。能兼具这两项特质的人的确是职场上的稀有动物。


# 姿势就是力量

编译／雪　莉

摆 Pose 这件事情，真的能影响到一个人的成败吗？

想想超人先生的那个经典 Pose——双腿分开站立、两手掐腰、双肩平展，背后是飘扬的红色披风……确实，充满力量的、开放性的姿势能够改变一个人的大脑荷尔蒙分泌以及行为举止，无论他是否真的大权在握。

这种被称之为"强势姿势"的体态——例如站在高处、双臂向体侧张开，或是向前倾斜身体、双手牢牢撑在桌子上——只要每天练习几分钟，就能够提高雄性激素的分泌水平，同时降低压力荷尔蒙皮质醇的分泌。上述生理上的改变，能够使人在工作中表现得更出色、更自信、更积极。

做报告或交谈时，Keim 经常会和她的听众保持一段距离，她将身体重心放在靠后的一只脚上，双手在身前紧握，还不停地摆弄着手指上的戒指。作为市场部的总监，当有人问她"是不是很紧张"时，Keim 总觉得惊讶。当她找了一位培训师来提升自己的沟通技能并观看了自己的视频之后，Keim 意识到，她的姿势"有点冷漠"，而且看起来一点都不强势。

培训后，除了将两手放于身侧、身体站得像松树一样笔直，这位身材娇小的总监开始在会议发言时离开会议桌。"和一桌子男人坐在一起时，我觉得自己就是个弱女子，站起来说话让我变得充满力量。"Keim 表示，这样的姿势传递了一个信号：放下你们的智能手机，专心致志听我说话。

上周，Keim 在一个 3 小时的会议上做了报告，她注意到，会场中所有的人都放下了他们的手机。


# 是镜子，还是窗子

文／（台湾）魏悌香

有一对夫妻常因为见解不同而争执。有一天他们又为了一些小事争得面红耳赤，只好来到教会找牧师协助。

牧师把他们带到一面镜子前，问他们看到了什么？他们都问答："看到了自己。"牧师又拉着他们走到窗户旁，问他们看到什么？"看到美丽的蓝天，看到公园的草地，看到男男女女走来走去。"

牧师语重心长地说："如果你们把彼此当镜子，一心要求对方和你一样，争执自然会发生；如果你们都把对方当窗子，认知到彼此的不同，

反而可以看到许多意想不到的美景。"

透过别人看世界，不但扩大了格局，也开阔了视野。不但你的配偶是你的窗子，你的同事、朋友，也都是你的窗子。不用期待他们和你一样，因为每个人都是独一无二的，如同每片雪花都不相同。

当你改变一直以来的期待，你就能体会到用不同角度来思维，人生将增添许多乐趣，而不是产生无谓的争执。

是镜子还是窗子？一个转念，不但是一种自由，更是一种喜悦。

## 五秒钟的恐惧

文／（台湾）狮子老师

美剧《Lost》第一集里有一个片段我非常喜欢。

身为外科医生的杰克要凯特帮他缝伤口。凯特很害怕缝不好，把伤口弄坏。

杰克跟她说了一个"五秒"的故事。当他第一次开刀，他很有信心，开刀快完时，他不小心切到一条神经，他吓坏了，整个人愣在那里。

他想，怎么办，怎么办？他的病人可能就这样失去生命，他害怕极了。

然后他告诉自己："好，我要让我自己害怕，完完全全地害怕——只有五秒的时间。在这五秒内我可以害怕，但就只五秒。"他就开始数：一、二、三、四、五。

时间到，他回到手术台，把恐惧抛开，专心地缝好那条神经。那个患者后来恢复得很好。

虽然这只是一个故事，但是当他在数一、二、三、四、五时，不知道为什么，我被深深地感动了。

我们可以害怕，但别让恐惧控制我们，我们要控制它，给它五秒的时间。就五秒。


# 看清噩梦

文／兰　溪

这是北美第一座藏密修道院甘波修道院院长佩玛·丘卓所讲的亲身经历。她有一位小时候的朋友，经常做噩梦，总是梦到有几只丑陋的怪物在追她，她在一座幽暗的大楼里面逃命，终于跑到门口逃出来，好不容易才把门关上，怪物又把门打开了。每次，她都会从梦中尖叫着惊醒。

佩玛·丘卓就问她的朋友，那些怪物到底长什么样子？并建议她下一次再梦到怪物，一定要回头看一看。后来，这个女孩又梦到怪物追她，这一次，她鼓起勇气不再逃跑，而是转过身来，靠着墙壁，回头看着它们。怪物就停在她的面前，但是并没有过来攻击她。她终于看清楚了怪物的模样：总共有五只，样子都很像动物。其中一只是灰熊，可是没有爪子，长着长长的红指甲。一只怪物长有两对眼睛，还有一只脸颊上有伤口。她继续仔细地看，发现它们不像怪物，反而像漫画书上的平面图画，然后这些怪物的影像消失了。这时，她慢慢醒了过来，从此，她再也没有做过这种噩梦。

恐惧是什么？每个人都有自己的噩梦，如果你有能力看清楚它是什么，它就会消失。

# 五个铃铛

文／[印度] 安东尼·德·梅勒

从前，有家客栈叫"银星"。店老板竭尽全力把客栈布置得很温馨，并为客人们提供贴心的服务，客栈的价格也很公道。他想以此吸引顾客，不过，还是入不敷出。

绝望之下，他只好求教于一位聪明人。

聪明人听了他的故事，说："太简单了，你必须改改店名。"

店主说："不行，这家店是祖传的，店名也是天下闻名。"

"不，"聪明人坚持道，"现在你必须叫它'五个铃铛'，然后在门口挂上六个铃铛。"

"六个铃铛？太荒谬了，这样做能有什么好处？"

"你试试就知道了。"聪明人微笑着说。

无奈之下，店主只好一试。结果是：每个路过客栈的旅行者都会走进店里，指出这个错误，他们都相信别人没有注意到这个小错。而一旦他们走进客栈，便会被里面的设施和服务所吸引，就会留下来歇息一晚，这样就给店主带来了梦寐以求的好运。

世上没有什么比纠正别人的错误更让人高兴的事了。

# 赌场没有镜子

文 / 查一路

拉斯维加斯林立着大大小小的赌场，赌场的结构和建筑五花八门。可是，这里有个有趣的现象，你在任何一家赌场都找不到一面镜子。

专门研究博彩业的专家保罗·斯蒂尔曼对此的解释意味深长：赌场最重要的是营造幻觉，之所以没有镜子，是因为赌场老板最不愿意让赌客在镜子里看到自己的形象。倘若他在镜子里看到了真实的自己，幻觉立马就会破灭，他也就不会再赌下去了。

可见，虚幻才是真正的老虎机，吞掉了许多巨商大贾所有的财富，直至身无分文。


# 贫穷和尊严（外一则）

文 / 马　德

拍完《一九四二》后，冯小刚在一档电视节目里，不无感慨地说："一个人，不为五斗米折腰，一定是家里面有五斗米，或者有五石米。"

他的意思是，人只有有了底气，才能谈节操。

并不否认，贫穷会毁了一个人。人穷到活不了的时候，会丢了廉耻，没了尊严，会干出许多见不得人的事情来。这时候，一个馒头，一餐饭，都可以让人纡尊降贵。因为，活着，远比活法重要。

但，这个世界的好看之处在于，总能在精神的高地，区分出庸人和伟人来。即使是在灾难的年代，在逃荒的人流里，也一定会有人风骨卓然，视灵魂高贵比生命更重要。

他们比苟活的人，更容易成为民族的砥柱和脊梁。

### 每个人心中都养着一个强盗

每一个人心中都养着一个强盗。

却是一个窝里反的贼，打家劫舍——打自己的家劫自己的舍，自己折腾自己。觉得，这个世界上，一群很好玩的侠客，都跑到了别人那里，落在富人家有侠肝，落在穷人家有义胆，总之，自己家的这个贼是没法比的。

痛苦的人都是这么想的。

快乐的人，也不是心里没有强盗。快乐的人总是想，这强盗就要走了，而所有的侠客，都在投靠自己的路上。


# 害羞得很无辜

文／罗　西


我弟弟是某品牌古典家具创始人，很帅，他最初是与朋友合伙创业的，分管角色是销售经理，人脉畅通，口碑一流……我笑问：你卖的是帅吧？他认真地说，不是，是老实。怎么看你老实？他说："我的普通话口音重，最重要的是有一些害羞。"小缺点，往往是让人亲近、信任的"心"武器，而腼腆，最容易让人感到真实、放心、欣慰，是"有态度的表情"。

在两性交往里，害羞的腼腆，往往更惹人怜爱，不管男女，比如梁朝伟、金城武、周渝民等男明星，因为带点羞涩，反而让女粉丝更疯狂地热爱、信任、沉迷。总体而言，害羞的人并不比一般人更胆小，却给人一个错觉：无害。

美国一项最新研究发现，容易害羞的人更可靠，对配偶、朋友也更忠诚，做生意更有优势，而不是劣势。这项研究由加州大学伯克利分校心理学博士马修·费恩伯格及其同事共同完成，他们发现，害羞的参试者表现最大度、最慷慨、可靠。害羞的"情绪名片"更有利于促进社交，建立人际间的互信和合作。

另外有个数据，40%的美国公司高管是内向的害羞者，包括巴菲特和比尔·盖茨等。害羞的力量源自"安静"：先思考、再发言，善于沉默，往往会被更好地倾听；习惯孤独，更注重深度，内敛、平和；热衷文字交流，清晰、准确地表达立场。

哈佛大学排名第一的课程——"积极心理学"教授泰勒首次来中国讲课，他略带腼腆，语气平缓，演讲结束后听众安静地退场。晚宴时间，主办方向泰勒提出：能不能改变一些形式，让听众立刻能感受到积极的改变？泰勒博士平静地说：请允许我做我自己。更何况，害羞的自己是多么无辜。

# 印第安人的墙

文／[美] 刘　墉

沙漠的气候非常特殊。白天，灼热的阳光经过沙石的反射和热量的累积，能把人活活烤死；夜晚，荒寒在一无遮掩

的旷野中泛滥，又能把人冻僵。

尽管沙漠的气候如此可怕，可印第安人却能颇觉安适地生活在那里，这是什么原因？

在沙漠里，印第安人的墙是经过特别设计的，它的厚度恰到好处——白天，炽热的艳阳晒不透那向阳的墙壁，因为正将热透时，夜晚就已经降临了。寒冷难耐的夜里，那被晒热了的土墙，正慢慢地散发出它白天储存的热量，使室内变得温暖。

如果那墙薄一些，白天室内就会变成烤箱，夜晚它也不能散发出足够的热量；如果那墙再厚一些，白天固然不至于炎热，夜晚却会因为透不过热量，而变得寒冷。

这一切的奥妙就在于那不厚不薄的墙。无论是否住在沙漠，我们每个人的心里都要有这么一堵墙——把得意时别人的赞美，留在失意时用；把敌人射来的箭接住，作为我们兵器短缺时的武器；把别人攻讦的言语，化为有用的建议；把多余而只能造成罪恶的钱财，留给日后可能的贫困——如同印第安人将那焚人的日光，留给寒冷的夜晚一般。

# 不知道价值

文／李冬梅

有一位商人在南非用不菲的价格买下了一块罕见的钻石，美中不足的是，钻石中间有一道裂纹。

商人带着心爱的钻石来找一位著名的钻石切割师帮忙。那位切割师看过钻石后，大加赞赏，说："这块钻石虽然有一道裂纹，但完全可以切割成两块，而且切割完后，每一块钻石的价值都会超过原来这块。但问题是，一旦切割失败，这块钻石就会四分五裂，而破碎成很多小块钻石后，价值就会大打折扣，甚至可能一文不值。我不想冒这个风险，所以我无法帮您。"

商人的一个朋友得知情况后，推荐他去荷兰的阿姆斯特丹找一位老切割师，据说这位切割大师技艺了得，手法精湛，尤其是经验特别丰富。

商人来到了阿姆斯特丹，找到了那位大师。

让商人意外的是，这位大师并没有拒绝，表示愿意帮忙。

大师叫过来一个非常年轻的小徒弟，这个小徒弟在他们交谈时一直远远地坐在自己的操作台前，忙自己手里的工作。

小徒弟接过那块钻石，按照师傅的吩咐，抡起手里的小锤一下子就把那块价值连城的钻石击成了两块，然后看也没看，把钻石递还给师傅，接着做自己的工作去了。

商人惊讶得目瞪口呆，问大师："他在您这儿工作很长时间了吗？"

"没有，才三天。但就是因为他不知道这块钻石的价值，所以手才不会发抖，动作也准确果断。"

# 理性与热情

文／[黎巴嫩]纪伯伦　编译／冰　心

理性与热情，是你们灵魂的舵与帆。假如帆或舵坏了，就只能泛荡、漂流，或在海中停驻。理性独自治理，是禁锢的权力；热情，不小心时，是自焚的火焰。因此，要让理性升到热情的高处，让心灵歌唱；也让理性来引导热情，让心灵在每日的复活中生存，如同大鸢在它自己的灰烬上高翔。

在万山中，当你坐在白杨的凉阴下，享受那远田与原野的宁静和平，你的心将在沉静中说："上帝安息在理性中。"当飓风卷来，狂风震撼林木，雷电宣告苍穹的威严，你的心将在敬畏中说："上帝运行在热情里。"

你们是上帝大气中之一息，是上帝丛林中之一叶，你们也要同他一起安息在理性中，运行在热情里。

# 直

文／林语堂

这熙熙攘攘、世事纠纷的世界，只有一字可做标准，就是"直"。一人宁可说襟腑独见的落伍话，不可说虚伪投机的合时话。说襟腑独见的落伍话，至少良心无愧，落伍得痛快，落伍得傲慢，即使一时见解错误，尚有生机。说虚伪投机的合时话者，方寸灵明已乱，不可救药。

# 静 待

文／周越然

静待为躁急之反，百人之中难得一二人能有这种天赋的美质。

或者说："大业成于迅速。坐而待，不如起而行。闲荡不做工作，偷懒不做正事，算得美质吗？"

工作是要做的，正事是要做的。静待不是偷懒，不是闲荡；静待是不躁急，不仓皇；静待是——及时行事。时机未到，任你怎样性急，有何用处？春耕夏耘之后，当然可望秋收。倘然你不肯静候，倘然你采用拔苗助长的方法，倘然你想要春耕春耘而望春收，你一定失败，一定吃不到饭。

时间是要紧的。不到时间，或者缺少时间，不论大事小事，都不能办。西班牙国王查理五世说道："时间与我，可以抵抗任何敌人。"这就是"待时而勤"的意思，也是胜利成于静待的意思。

# 绝对真理

文／毕飞宇

自信这东西极为复杂，有心智上的自信，有肉体上的自信，但是，有一种自信我们必须警惕：道德自信。因为道德自信，一个人极容易陷入迷狂，它让你手握绝对真理，然后，无所不为。这个无所不为自然也包含了无恶不作。作恶和道德上的绝对自信永远是一对血亲兄弟。

胡适说，宽容比自由更重要。老实说，直到今天我也不敢确定谁更重要，但是，从我的成长经历来看，告诉自己不拥有绝对真理最重要。因为不拥有绝对真理，你才能宽容，因为不拥有绝对真理，精神上才有足够的时间与空间，你才有自由。

# 向树木学习

文／[德]尼 采

松树总是笔直地矗立着，仿佛在侧耳倾听什么。

冷杉总是坚毅地矗立着，仿佛在等待什么。

这些树木不慌不乱，也不心烦，总是在寂静中静静地等待着、忍耐着。

我们也应该学习松树和冷杉的态度。


# 沙漠白

文／莫小米

春天，我去大漠，甘肃民勤。

以往去的沙漠，都是旅游地，最好是夕阳余晖里，万丈流泻的金黄绸缎，没有瑕疵，才叫惊艳。

而这次，是去寻找沙漠的生命迹象。已经连续三年，杭州人在那儿援种梭梭，遥想着绿色的林子。

民勤，是河西走廊上向西北分岔的一条支路，一条没有出口的断头路，路的出口被巴丹吉林沙漠和腾格里沙漠封死。从放大的地图上看，民勤就像一艘绿色的船，驶入茫茫的黄沙大海……

我们的林子，就在民勤大船的船头，在风口浪尖。

我看到的，却是白色。

白刺像一堆堆白色的铁蒺藜，覆盖在隆起的小沙丘上。矮小的拐枣树仿佛是匍匐在地，白色的枝干，无数均匀细小的分叉再分叉，像是冰裂纹的图案。

已经三岁的梭梭，主体枝条也是白色的。

那些白色，不是晶莹剔透的纯白，不是包蕴暖意的乳白。那些白色，带青紫寒光，似枯骨累累，在江南，这分明是死亡色。

见我们惊骇，民勤人解惑，在沙漠，植物们除了夏季短暂的绿，其余漫长季节就只有白色支撑生命。

他说，你看这白刺与沙子，真是互不相让拼到底的典范。风沙日夜不停地掩埋白刺，埋到哪一节，它就从哪一节开始继续长，白刺覆盖的小沙丘，其实下面全是被埋的白刺，那么多的枝枝权权，说明它们厮杀激烈你死我活。

他说，你仔细看，梭梭的白色枝干上面，浅黄色的那一截，是今年春天抽出的新枝，新枝能不能活，要等到九月份，漫长的冬季来临之前，看它能不能变白，白化就是木质化，才是活下来了。

原来在沙漠，江南那般水灵灵的绿，是奢侈，是招摇，是表现，沙漠不需要过多表现，除了尽快地完成开花结果的使命，它只需要活下去。

它们也有美丽的时候，盛夏来临，白刺结出小而晶莹的红果，像琥珀一样；梭梭在春天的漫天沙尘中，绽出一点点针尖大的新绿，比祖母绿宝石还要珍贵。

回来告诉杭州人，对那片遥远的林子，不要寄予花红柳绿的遐想，耐心守住沙漠白，就是活着的标志。

# 根

文 / 杨文丰

根的世界是神奇的。有位植物学家做过这样一个实验：将一株黑麦栽种在一只大木箱里。在黑麦根系最发达的时期，即麦穗风中扬花之时，拆散大木箱，洗去黑麦根上的泥土，这株黑麦的根系竟有 1400 万条之多。这些根连接起来，延绵 600 千米，等于北京到锦州的距离；若将这些根上的 150 亿条根毛根根相接，竟可达 1 万千米，相当于北京到巴黎的距离。

根是坚忍的。在实验室里，我读过一幅染红的玉米根尖的纵切面照片，那可真是令人心痛的细嫩，而且娇嫩。我无法想象在那拥挤的环境里，孱弱的根是如何呼吸，如何生长？

在根的周围，那领域拥挤，还有虫豸出没，没有蓝天、白云和月光。根总是心甘情愿地、默然地承着一切。根一旦植入土地，对土地就无法不执着地拥抱。19 世纪法国建筑师莫里哀一直寻觅强固墙板之法。一场大风雨，拔倒了他故园的大梨树，大梨树虽然倒了，然那拔起的根，仍如无数只手，在土里土外，纵横交错，依然牢牢地在抱着、搂着，死抓着泥土，将泥土抱成结实的团块。莫里哀用锄头猛砸之，依然固若金汤，坚不可摧。大梨树这牢不可破的"根土合一"，引发了莫里哀的灵感，发明了钢筋混凝土。

我曾在高倍显微镜下观察过洋葱的根尖细胞。那细胞如月光般透明，如柳宗元影布石上的水，如西藏透明的空气，沁出一片凉意。

根是有梦的，根的梦永远在土地上，是土地上面撑开的不断传出鸟声的如盖绿云。在土地遭受了凄风酸雨的打击后，在植物遭受了人类长期的、太多的砍杀后，想想我们的根，依然特立独行，依然迎向阻力，依然保有义无反顾的挺进勇气和深入的姿态。

留住我们的根。

# 藕

文／周庆荣

容易折断，甚至藕断丝连。

都不适合地面上的状况。在污泥中，在深处，藕，坚持。如地狱里最后的净。

说起出污泥而不染，你们认真地注视荷花吧，夏季短暂，气氛热烈，它们在阳光下灿烂。

而下面，是一节藕在耐心地憋屈。

寒冷的时候，我希望你们忘却荷花。

去怀念一节藕，怀念它在黑暗里的坚持。


# 扭　曲

文／马　德

走过许多旷野，也见过许多旷野中的树。它们中很少有长得歪歪斜斜的，即便小，也都直立、坦荡，枝柯射向四方。

倒是古旧庭院里的那些树，长在那里已是憋屈，边沿还要有砖石砌上，格局也就愈发狭窄。于是，常见枝柯虬曲的，像是被强行拧过，有时从根部便开始盘根错节了，扭曲得不行。

最可怕的扭曲，不是来自丑，而是来自美。因为你会被假象迷惑，会毫无防备，却又突然中招。

当美都要开出恶之花，当美都要这么凶残，当美都不被信任，这个世界已经糟糕到了什么程度。

再大的扭曲，也难敌这个世界上最深广的博大与宽容。

# 尊 严

文／陈　漫

你见过活着的珊瑚吗？它生活在清澈的海底。在海水的怀抱里，它是柔软的，所有小小的触角都在水中轻轻地一张一合，似乎每一阵流水的波动都在柔柔地拨动着它的心弦。在寂寞宁静的海底，珊瑚就像一个沐浴在爱情之中的女子，每一丝每一缕都是生命，每一分每一寸都有光彩。可是，如果采珊瑚的人毫不怜惜地把它带出水面，珊瑚就会变得无比坚硬。在远离大海的地方，珊瑚只是一具惨白僵硬的骨骼。

有一种水獭，它有着令世界惊叹的美丽皮毛——深紫色，像缎子一样，闪烁着华美、神秘而又高贵的光泽。可是，美丽却给它带来了灭顶之灾。总有一些人，想把它的皮毛剥下来，制成帽子，戴在某位绅士的头上；制成大衣，裹住某位淑女丰美的身躯。于是，有人带着猎枪闯进了水獭的家园，他眯起眼睛，扣动了扳机。枪响过后，水獭死了。令人奇怪的是，它的美丽也消失了，皮毛变得干涩粗糙，毫无光泽。

谁都知道麝香是名贵的药材，也是珍贵的香料。实际上，麝香不过是雄麝脐下的分泌物而已。雄麝生活在密林深处，身手矫健，来去如风，如果不是一流的猎手，根本难以捕捉它的踪迹。而且，就算找到了雄麝，取得麝香也是极困难的事。有经验的老猎手说："靠近雄麝时，千万要屏息凝神，不能让雄麝感觉到你的存在，否则，它会转过头来，在你射杀它之前，咬破自己的香囊。"

在自然界，有一些生物比人类还要有尊严。当生命遭到无情的践踏时，它们会用改变、放弃，甚至死亡来捍卫自己的尊严。

# 四小物

文／叶特生

《圣经》中的《箴言书》列出四种软弱的小生物，但在千百万年生存竞争中，它们却安然无恙。

第一种是蚂蚁。一个指头可掐死的小东西，却勤奋不息，在炎夏收集粮食，为严冬霜雪来临做预备。蚂蚁与生俱来的智慧，不但在乎勤，更在于整体力量的发挥，人类远远不及。

第二种是沙番，又称为岩蹄兔。这种半兔半鼠的小物生于野外，毫无保护自己的能力，如何熬过弱肉强食？原来它们懂得选在干河谷的岩石洞穴中栖身，它们群居而警觉，胆子小，但在岩洞中钻来钻去，连枪炮都打不到。软弱没关系，最重要的是自知软弱，寻找最强靠山保护。

第三种是蝗虫。在春夏之际，蝗虫会分别集结，数以百万计飞向云雨交汇区，迁移途中会将地面作物啃噬殆尽。蝗虫没有首领，却自发性分队而出，向同一方向移动，个子虽小，但有数量的优势和众志成城的决心，非常可怕。

第四种是壁虎。其脚趾强而有力，可吸附在壁上而且行走自如。虽细小软弱，却攀附于皇宫壁上，享尽荣华。

宇宙浩瀚，大如恐龙，愈强壮死得愈快，小物却熬过恶劣环境。故自大不如认小，安全些，也长命些。

# 真正的危险

文／姜钦峰

非洲有一种织巢鸟，能以细枝和嫩草织出精美绝伦的巢。为了爱情，雄鸟甘当房奴。它们把出入口设计在巢的底部，这样可以防雨，然后衔来小石块放进巢内，增强稳定性，用以防风。织巢鸟筑的巢不仅温暖舒适，在危机四伏的大森林里，还要考虑安全问题。为了防范天敌，有的雄鸟喜欢把新家筑在布满鳄鱼的河面上。

它们会精心挑选一根伸出水面的细枝条，把鸟巢牢牢地系在枝头，悬挂于水面之上。织巢鸟聪明绝顶，还知道如何控制巢的大小，当全家搬进去之后，树枝刚好能承受全部重量，使巢离水面的距离恰到好处，不会掉入水中。底下成群游动的鳄鱼，抬头就能见到美味，却只有眼馋的份儿。如果有其他侵略者胆敢进犯，也肯定会死得很惨，纤细的树枝无法承受突然增加的重量，会立即折断，把侵略者直接送入鳄鱼的大嘴里。

在鳄鱼的"保护"下，偷猎者只能望水兴叹。解除了外来的威胁，织巢鸟便可高枕无忧，放心地谈情说爱了。不久后，雌鸟就会产卵。刚出生的小鸟食量很大，父母不辞辛劳地来回奔波，为孩子带回足够的食物。在父母的精心喂养下，小鸟渐渐长大，柔弱的枝条负担日益加重，鸟巢的高度每天都在缓慢下降，离水面越来越近，而它们却浑然不觉。直到有一天，意想不到的悲剧发生了，当鸟巢接触水面的瞬间，凶残的鳄鱼张开了大嘴……

人与织巢鸟有颇多相似之处，都会犯同样的错误——当你忘掉危险的时候，真正的危险就离你不远了。

# 四眼鱼的教训

文/ 代连华

在南美洲的亚马孙河里，生活着一种鱼，它们拥有四只眼睛，所以被称为四眼鱼。四眼鱼的眼睛很大，是晶状体椭圆形的，眼睛被一层膜从中间分开，这样看起来就是四只眼睛。

四眼鱼的四只眼睛都可以视物，眼睛的上一半善于看空中的东西，下一半适合看水中的东西。四眼鱼的这种特殊本领，按理说应该生活得比其他鱼类要自在轻松，但结果却是，四眼鱼的种族一点点减少，几乎濒临灭绝。

是什么原因导致四眼鱼种类减少呢？经过几年的观察，科学家们得出结论，四眼鱼之所以种族减少，恰恰与它的眼睛有关。

因为拥有四只眼睛，四眼鱼就用下面那对眼睛捕捉食物，而上面那对眼睛却只是望天看风景，结果忽略了周边的危险。那些凶猛的鱼类会乘其不备，将其吞噬。

生活中我们也会遇到这种现象，明明占据优势，最后却演变成劣势，结果往往适得其反。而合理利用优势，明确缺点所在，才能更好地生存与发展。

# 大牙潜鱼的自信

文/ 陈亦权

在印度洋马达加斯加岛附近的海域里，生活着一种非常凶猛的鱼类，它拥有两排倒钩形的大牙，只要被它咬中，即使是鲨鱼也难逃一死。

这个海洋霸主，就是大牙潜鱼。

大牙潜鱼的身长只有 20 厘米左右，与大多数海洋生物比起来，它的个子没什么优势，身体细长，体表也没有鳞片，但是，被它咬中的任何一种鱼都无法逃脱，因为猎物越是挣扎，它那对倒钩形的大牙就越是扎得深。

然而就是这种所向无敌的海洋霸主，在岛上的居民眼里，却是最容易钓的一种鱼。钓大牙潜鱼，只需要把一小块它最喜欢吃的鸡肉牢牢绑在渔线上，然后抛入海中即可，只要大牙潜鱼咬上来，不需要任何技术，就可以直接把它拉上来。

因为大牙潜鱼在平时的生活中已经培养了足够的自信，它咬中任何一种鱼类，都可以化成一顿美餐，所以任凭这块鸡肉如何"逃跑"，它都不会轻易松口，直到它被装进鱼篓，大牙潜鱼也没搞清楚为何陷入了绝境。

人类其实也经常犯类似的错误，栽在经验和自信上的人，古今中外都不少见。

# 行鸟的骗术（外三则）

文 / 程　刚

马来西亚有一种鸟叫行鸟，这种鸟善于使用骗术。

当人或其他动物接近它孵化小鸟的巢穴时，正在巢中的行鸟便会飞到一旁较明显的地方，假装受伤的样子，在地上一瘸一拐地跑，入侵者看到这种情况，往往会快速去追，当它快要追到行鸟时，行鸟就会起飞，飞到不远处再重复刚才的动作，直到把入侵者引诱到较远的地方，它才恢复原样迅速飞走。行鸟靠着这种骗术，有效地保护了巢穴中的雏鸟。

然而，行鸟的骗术再高明，却骗不了短尾狐。当短尾狐发现行鸟巢穴以后，它便会偷偷地摸上来，敏锐的行鸟随即会使出骗术。可就在它以为自己成功骗走短尾狐回到巢穴时，却发现巢穴已经不在。原来，聪明的短尾狐早已摸清了行鸟的骗术，每次遇上行鸟的巢穴，就会招来另一只短尾狐潜伏在隐蔽处，然后一只短尾狐负责假装追逐行鸟，另一只潜伏的负责把巢穴端走……

行鸟的骗术是保护自己的一种特殊办法，但这个特殊办法被聪明的短尾狐摸清规律后，便一无是处。世界在发展，人也要发展。拘泥于一种成功的模式，不懂得变通，不懂得创新，难免被这个世界淘汰。

## 长鼻猴的善心路

在美洲北部的山林里，生活着各种动物，胖胖鼠和长鼻猴也生活在这里。

每年秋天，胖胖鼠便开始一生中最艰难的征程，它要翻越扎罗山，到山的背后寻找洞穴，开始自己漫长的冬季生活。胖胖鼠身体有很多缺陷，它视力很弱，身体天生肥胖，走路十分缓慢。更要命的是它有一个特殊的习性：前行中只要遇到障碍物，便会折身返回。胖胖鼠要翻越的扎罗山，由于山腰以上风化非常严重，每年山上都会堆满大小不一的石头，这就给胖胖鼠翻山带来许多麻烦，它们遇到石头阻路后便会折身返回。由于不停地反复，致使它们翻山奇慢，最终可能在冬天来临前因翻不过山而死。长鼻猴也要在这段时间向山顶攀爬，因为这期间扎罗山下面的山林会有许多毒蛇出没，长鼻猴为了躲避它们，选择集体向山上撤离。

在胖胖鼠和长鼻猴一起向山上前进时，一个有趣的现象发生了。长鼻猴总会蹦蹦跳跳地走在胖胖鼠的前面，发现有石头挡路，便会把它清到一边……因为前行中没有了障碍，多数胖胖鼠得以顺利地翻过扎罗山。

慢慢地，大部分胖胖鼠在扎罗山背后都找到了栖息的洞穴。在这段时间里，扎罗山总会在某天下午突然间雷暴狂袭，长鼻猴因为没有栖息地，必须在雷暴中快速下山。就在这时，它们帮助胖胖鼠的善举得到了回报。此时的山路因为它们前期的清理而变得异常平坦，它们毫无阻拦地跑下山，脱离险境，而这时山林里的毒蛇也不那么活跃了。

长鼻猴因为帮助胖胖鼠翻山，最终也帮了自己。

### 星点蛇的坚持力

南美洲热带雨林里有一种蛇，这种蛇全身布满红黑相间的斑点，因此得名星点蛇。

星点蛇生活的区域，每到夏天丰雨季节，河水便会漫过堤岸。各种小动物已掌握了这个自然规律，每到雨季来临前都会倾巢出动，树上的、地下的一起迁走，场面很是壮观。

这样的迁离理论上是一种逃生之旅，但实际上恰是许多动物的丧命之旅。据统计，几乎所有动物都会有近30%的死亡率，唯有晚迁离的星点蛇例外，它们全部在雨季涨水前迁到安全的地方。

为什么会出现这种现象呢？

原来，这里的大多数动物都会在雨季来临前一个月迁离，它们一路上走走停停，有的动物在迁离的路上碰见舒适安逸的环境，就在这个地方多享受几天再走。这样一来，它们便把握不了时间，当汹涌的洪水到来时，正在享受的它们还来不及逃走便被洪水吞没了……

星点蛇是因为出发晚，它们要尽快争取时间逃离这里，因此，它们一旦走上迁离之路，那便是昼夜不停，无论路上遇见多么好的环境、遇见多么好的东西，都不能阻止它们。所以，当其他动物还在留恋偶遇的舒适环境时，星点蛇已完全脱离了危险……

星点蛇能够在雨季来临前百分之百地成活，是因为目标坚定，并有排除干扰的能力。

## 两种鸟的幸福观

比索鸟和华庭鸟生活在亚美尼亚森林里。两种鸟都喜欢吃绿毛虫。每到秋天，它们便会吃下大量绿毛虫以贮存能量。由于食量巨大，一天天过去，附近的绿毛虫会越来越少，它们开始吃不饱。这时，两种鸟会有截然不同的表现。

比索鸟为寻找更多的绿毛虫，开始远飞找食之旅。按理说，它们勤快地找食，身体能量应该越存越多。可实际却是，它们长途奔波十分劳累，吃掉的虫子很快消化掉了，根本贮存不起来。到了冬天，大量比索鸟便会因为贮存的能量不足而死。

而华庭鸟并没有像比索鸟那样远飞寻找食物，它们靠着数量极少的绿毛虫为食，竟然干起了植树的活儿。因为绿蔓树十分容易成活，华庭鸟便开始合力折绿蔓树的枝条，然后插在地上，用不了多久，这种绿蔓树枝便会扎根成活，抽出嫩叶，嫩叶有特殊的香味，绿树蝶便开始争相落在上面……不久后，一条又一条绿

毛虫便爬满了枝叶，而华庭鸟便又开始新一轮的美餐，从而幸福地过冬。

两种鸟的结局，是不是可以给我们带来这样的启示：愚蠢的人总是漫无边际地寻找幸福，而聪明的人却喜欢在脚下种植幸福。

# "沙漠章鱼"的舍与得

文/周　礼

在非洲纳米比亚和安哥拉边界的纳米布大沙漠中，生长着一种奇异的植物，名叫千岁兰。这种植物可以在干旱的沙漠中生活上千年，最长寿的一株千岁兰已经活了两千多年。

纳米布大沙漠是世界上最古老、最干燥的沙漠之一，年降水量不足25毫米，有时整整一年都不下一次雨。很难想象，在如此恶劣的气候环境下，千岁兰竟能长存千年。

千岁兰一般生长在沙漠中宽而浅的谷地内，根深深地扎在沙石之下，它们的茎十分发达，最高可以长到两米，直径最大可以长到八米。也就是说，千岁兰的高远不及它的粗，虽然这样看起来不够壮观，却能有效地保护自己，避免被风暴折断。

每一株千岁兰的顶部边缘都长着两片长长的叶子，宽约30厘米，长2～3米，这两片叶子一旦长出后，就与整个植株相伴终生。因为千岁兰的叶子里含有许多特殊的吸水组织，能够吸取空气中的少量水分，使它能够在久旱不雨的沙漠中有力地存活下来。

千岁兰在成长的过程中，由于干旱、沙石的不断磨损、狂风的践踏，叶片前端最容易失去水分，从而干枯。为了克服这一缺陷，千岁兰将珍贵的水分储存在粗壮的茎部内，前边的叶子枯死了，后边新生的叶子就赶紧补上，如此循环，生生不息。千岁兰叶子基部有一条生长带，那里的细胞有分生能力，不断地产生新的叶片组织，前面的刚刚干枯，后面的就紧紧跟上，以补充叶片的损失。一些存活了上百年的千岁兰，叶子往往被分裂成许多的细片，大风一吹，就散乱扭曲，远远望去，犹如一只只匍匐在沙漠上的大章鱼，因此千岁兰又被人们形象地称为"沙漠章鱼"。

依靠这种方式，虽然千岁兰舍弃了长高，舍弃了最前端的叶片，但它却成为沙漠中的王者，笑傲黄沙上千年。

或许，我们做人也应该像千岁兰那样，该放弃的东西，我们要毫不犹豫地放弃，不要让它成为生命的负担，左右我们的行为；而该坚守的东西，我们则保持永不动摇，一心一意地走下去，让它成为生命的源泉和动力。

# 雏鹰之殇

文/怡 霖

丹麦作家彭托皮丹写了这样一只鹰的故事：一个牧师收养了一只雏鹰，悉心照料它。这只小鹰就像童话故事中的丑小鸭一样，在嘎嘎叫的鸭子、咯咯叫的母鸡中间长大。它的翅膀被修剪得很漂亮，平常的日子就在路面上摇摇晃晃地走动。它的天性渐渐丧失了，只是起风的日子或雷雨到来之前，显现出一点朦胧的渴望。有时它突然张开翅膀，勇猛地冲向天空，像是要永远拥抱蓝天了。可是这种时间总是很短，很快就回到了地上，然后像平常一样摇摇晃晃漫步于院中的其他家禽之间。

小鹰渐渐长大了，终究天性没有全部丧失。忽一日，伴随一声快乐、野性的尖叫，它扶摇而上，向着苍穹越飞越高，飘然陶醉于广阔的天空和自己翅膀的力量。可是，它过平常的日子太久了，面对浩渺的虚空，它害怕了。

当晚霞的薄雾笼罩峡谷和山峰时，预示着风暴和暗夜的来临。这只鹰或许因害怕孤独，或许因经不起高天狂风的吹打和宇空寒冷的侵袭，或许又因此想起温暖、舒适的家禽小院，它竟然无声地鼓起翅膀，偷偷地回去了。它迅速而急切地向回飞。经过一夜执着不息的飞翔，第二天早上就飞回到牧师住宅的上空。盘旋一会儿，它正欲下落时，灭顶之灾来临了。一个雇工发现了它，拿出枪。只听一声枪响，"天空中飘荡着一些羽毛，死鹰就像石头一样笔直地落在了粪堆上"。这只鹰死了。

鹰们是无法明白这只鹰死于何因，但听到这个故事的人们却无法平静：丧失自己，是要演悲剧的；改伟大而变平庸，就等于死亡；不是同类，绝对不能相容；有飞翔的心，还要有坚持的精神，才会有飞翔的成功；与平庸为伍，丢失的只有自己，死亡的也只有自己。

# 萨瓜罗的生存智慧

文／石顺江

在美国的亚利桑那州索诺兰沙漠里，由于日照强烈，天气炎热无比。这里生存着一种植物——萨瓜罗，是一种像巨柱一样的仙人掌。可不要小觑它，它的寿命能长达 500 年，一年可制造数百万颗种子！

在最干燥的季节里，巨柱仙人掌的枝顶就已长出了锦簇的花团。雪白的花朵中满是花蜜，仙人掌用花蜜养育了鸟类、昆虫，它们则以传粉作为回报。当花朵发育成果实，仙人掌用自己多肉的果实，为鬣蜥和美洲小狐等更多种类的动物提供餐点和水分。鸟儿利用自己的长喙在仙人掌上打洞，然后在洞里做窝。这些动物在消化肚子里的食物时，会把富含种子的粪便排泄出来，刚好给了巨柱仙人掌以庇荫，因为幼年时期的仙人掌就需要这样的生长环境。

巨柱仙人掌用自身的资源换来了一片欣欣向荣。面对严苛的生存环境，巨柱仙人掌能够长达几百年地生存下去，和它自身的付出紧密相连。

# 巴西坚果树的耐心

文／张云广

巴西坚果树高度可达四五十米，直径接近两米，在植物界素有"雨林巨无霸"的响亮名号。然而，这位"巨无霸"在进入快速生长期之前，往往还需要经历一段极其漫长的等待过程，只有那些最具有等待精神和耐性品质的种子或幼苗才有他日高耸云天的可能。

当足球般大小的坚果从高高的树冠层上如重磅炮弹一样高速空降到地面上，很快就会吸引一种叫作刺豚鼠的动物。

刺豚鼠是唯一一种有能力破开坚果树果实坚厚"铠甲"并得以享用其中美味的动物。好在刺豚鼠的一次果腹量有限，果壳内相当一部分种子能幸免于难。

这些"鼠口脱险"的幸运树种，被忘性极差的刺豚鼠作为战备物资，分散地掩埋在母树周围不同的地方，而这些地方也是坚果树新生命萌发之处。但是，于坚果树新生命而言，真正意义上的生存考验才刚刚开始。这里的环境多半是"枝枝相覆盖，叶叶相交通"，来自雨林上方的阳光遭到层层枝叶的拦截。光合作用机制无法有效进行，生长自然也就无从谈起。

不过，坚果树自有其应对困境的办法，那就是等待，即与时间比耐力。令人惊叹的是，这些种子可以在地下沉睡很长时间，有的甚至长达数十年之久而不朽不坏；更令人惊叹的是，即使种子破土而出长成幼苗，这些幼苗也可以在茂密的雨林中休眠几十年的时间。

当附近有树木让出空间，当头顶有灿烂阳光的照耀，坚果树苦苦等待的战略发展机遇期终于来临了！如同奇迹般，地下的种子接收到阳光的信号迅速发芽挺出，地上的幼苗则会马上终止休眠恢复生长状态。向上，向上，争分夺秒地不断向上，直到有一天长出参天的身材来"一览众树小"。

在"暗无天日"的逆境丛林中，存一份憧憬的火种在心中，以卓绝的等待做法宝与严酷的岁月对峙。不急躁，不气馁，更不放弃，在等待中不懈坚持，这便是巴西坚果树的禀性！

# 聪明的骆马与小鸟

文／[美] 刘 墉

骆马是生长在南美洲安第斯山的一种动物。印第安人认为骆马是上天的恩赐，因为它们不但肉可以吃、奶可以饮、毛皮可以穿，而且能帮人驮东西。只是，骆马有点脾气，当它不高兴的时候，会对人吐口水。

骆马吐口水的样子有趣极了，更有意思的是它的嘴唇。生物学家说，

骆马的嘴长得很特殊，它们在吃草的时候，不会伤到植物的根，使那些草能很快地再生，也使它们总有的吃。

它使我联想到纽约院里的小鸟。当我春天种菜，把种子撒下去，小鸟立刻飞来吃，可是过几天，种子发芽了，小鸟就再也不碰。

等嫩芽长大了，结了籽，它们又飞来吃。难道骆马和小鸟都懂得怎么"留一手"吗？它们为植物留了一步"生路"，也就是为自己留了一步"后路"。

"物竞天择，适者生存。"这"适者"不一定是占有者、战胜者，而是能与周遭生物"共荣共存"者。孟子说："如果不把细密的网子放进池塘，鱼鳖就吃不了；砍伐树木能找适当的时节，木材就用不尽。"不也是同样的道理吗？

# 猴子"饮水"的启示

文／韩　青

非洲大草原的旱季来临时，饮水就变得艰难。动物们四处寻觅着水源，终于找到了一个日渐干涸但仍有水的小湖。可是，一个严峻的现实摆在它们面前，湖中鳄鱼密布，个个虎视眈眈。岸上的动物显得惶恐焦躁，不敢贸然靠近，极度的渴意又强烈地折磨着它们。

最先冒险的是斑马，领头的一只试探着靠近湖水，低下头小心翼翼地喝了几口，然后抬起头观察一下再低头喝。接着，其他的斑马也鼓足勇气相继靠近，低头、饮水。

突然，几只鳄鱼同时从湖中一跃而起，张开大嘴一口咬住了猎物。体格较弱的斑马成了牺牲品，别的斑马纷纷后退。

鳄鱼的强悍有目共睹，可为了生存，羚羊、羚牛、角马等都选择了冒险。而此时，猴子和黑猩猩的举动却显得有些反常，它们在岸上不停地争斗着。每一个"洞穴"都被较强壮的猴子守卫着——原来，大多数猴子"探索"出一条饮水的巧妙方式：在离湖不远的岸边沙地上挖出洞穴，湖水会从地下渗透过来，这足以让猴子们活下去。

诗人流沙河在某中学跟学生座谈时曾提出这样一个话题：遇到困难时是迎难而上还是绕过去？当时学生的回答几乎都是：迎难而上。诗人却说：要灵活变通，有时绕过去更明智。生活中，为了征服困难，多少人去冒险、硬拼，结果却错过了大好时机，甚至还丢了宝贵的生命；又有多少人灵活变通，另辟蹊径，绕过了那些泥沼、险滩，顺利地抵达彼岸。

在困难面前，如果能够选择变通之道，那么我们的生活就会变得更加美好。

# 逃跑就会成为猎物（外三则）

文／赵盛基

非洲水牛是群居动物，它们脾气暴躁，攻击性强，是非洲草原最危险的动物之一，就连草原之王的狮子都惧怕它们三分。但是，它们却常常成为狮子的猎物。

黄昏，一群非洲水牛一边吃草一边悠闲地前移，不料，不知不觉进入了狮子的领地。

见到有美味送到嘴边，四头饥肠辘辘的狮子一阵惊喜。然而，面对庞大的水牛群，它们不敢轻举妄动，力量对比太悬殊了。

但毕竟美味诱人，狮子舍不得放弃，虎视眈眈地注视着水牛。水牛则自恃强大，也不退却，瞪大牛眼盯着狮子。水牛和狮子站在原地对峙着、僵持着。

过了很长时间，终于，有一头水牛胆怯了，回头跑了。这下，就像决了堤的洪水一样，所有水牛都转身逃窜起来。

这正中狮子的下怀。与强悍的水牛面对面，它们无计可施。但是，对于逃跑的水牛，它们就无所畏惧了，凭着速度优势，很快就能追上水牛，只要爬上牛背，将其放倒，咬住喉咙，就会将其置于死地。

非洲水牛群虽然壮观，但逃跑却是各顾各的，结果，跑在最后的一头老牛被狮子追上放倒了。四头狮子齐心合力，很快就将这头水牛开膛破肚，当作美味的晚餐了。

可悲的水牛，不知它们最终是否明白这个道理：逃跑就会成为猎物。

## 膨胀鱼的绝技

水獭嗜好鱼类，是著名的捕鱼高手，捕起鱼来像猫捉老鼠一样快捷，而且几乎是手到擒来。然而，它对尼罗河支流的一种很不起眼的小鱼却束手无策。

这种鱼叫膨胀鱼，一般只有 0.3 千克重，与重达 5 千克的水獭比起来，简直可以忽略不计。再说，浑身皱巴巴的，还灰不溜秋的，貌不惊人。

水獭并没把膨胀鱼放在眼里，当它发现膨胀鱼时已经近在咫尺，它像以往捕杀其他鱼类一样，迅猛出击，本以为会一口吞掉，可让它没想到的是，刚刚还是小不点的膨胀鱼瞬间增大了 20 倍，体积比它还大。水獭被突如其来的变故吓了一跳，眼前一黑，有点发蒙。可是，毕竟身经百战，加之美味实在诱人，它不想放弃，要想办法享受这顿美餐。

水獭先是用嘴咬膨胀鱼，可简直是老虎咬天，无从下口。接着，水獭想把膨胀鱼摁进水里，可它一次次地摁，这个大"气球"却一次次地浮上来。

一计不成，又生一计。水獭决定把膨胀鱼推到岸边，慢慢收拾。但是，这个大"气球"实在太滑了，水獭没有办法把它推上岸。它围着膨胀鱼转了几圈之后，还是毫无办法，最终以失败告终，只好恋恋不舍地放弃了。

见水獭远离之后，膨胀鱼这才慢慢恢复了原状，又在河流里畅游。

这个世界复杂无比。别以为强大就一定是强者，就一定能征服弱者，其实未必；别以为弱小就一定是弱者，只要掌握一项绝技，就会很强大。

### 红树的"胎生"本领

在南方沿海，可见到成片成片的红树林，它们扎根海边，成年累月经受着海水的浸泡和潮涨潮落的冲击。目睹它们的生存环境，一个问题在我脑海里萦绕了许久。在浪涌波滚的海水里，它们的种子怎么能不被海水冲走呢？

原来，红树与其他树种的不同之处在于，它无须把种子埋进土壤才生根发芽，而是它的种子在树上就完成了发芽长成树苗的过程。每当春秋两季开花结果后，果实并不落地，而是在母树上继续吸收营养，萌芽长成幼苗，至20～30厘米高后，像成熟的胎儿一样，脱离母体，一个个跳进海滩，扎进淤泥，并且在几个小时内生根、驻扎下来。

这样，尽管潮起潮落，也不会把它们冲走。具有这种本领的树叫胎生树。

其实，红树并非是一种树，而是包括了蜡烛果、秋茄、木榄、海漆、榄李、海榄雌和银叶树等60多个树种的统称。

如果说一种具备"胎生"本领的树生于此是偶然，那么这么多聚居此地的树种都具有"胎生"本领就不是用偶然能够解释的了。

专家解释说，红树原本是一些陆地开花的树，来到海洋边缘后，海浪冲击、淤泥缺氧、环境动荡……一切都改变了。由于环境特点的变化，种子已经不可能落地发芽。经过了一个极其漫长的演化过程之后，它们学会了"胎生"的本领，繁衍生息，使海边变得郁郁葱葱。

与其说环境成就了红树，不如说红树成就了自己。如果自身不练就应对环境的本领，一味指望外界去造就，小树不会长成大树，大树不会长成森林。

## 一种被称为"国树"的草

美丽的非洲岛国马达加斯加有一种叫旅人蕉的植物，它有20多米高，半米粗，它的叶子也长得又大又长，足有3～4米，远远看去，很像是正在开屏的孔雀尾，既壮观，又漂亮，深得游人的喜爱。人们除了喜爱它的高大和美丽的外貌之外，更喜爱它的品格。

一棵旅人蕉就是一把大大的"遮阳伞"。高大的旅人蕉冠盖一方，遮天蔽日，每当游人被毒辣的阳光和滚烫的地面炙烤、煎熬得无处躲藏时，旅人蕉下就成了人们的不二选择。

旅人蕉的每一片叶子都是一个天然的"饮水站"。其叶柄非常饱满，每一根里面都储藏了好几斤水，将叶柄划开一个小口，新鲜、清凉的水就会从里面流出来。一天后，划破的口子会自动愈合，以便继续为后人储备水源。

旅人蕉是给人指明方向的"指南针"。旅人蕉的生长非常有序，它们永远朝着一个方向，每当游人迷路，只要看看旅人蕉，就会心中有底，找到自己的方向。

因了旅人蕉以博大的胸怀和生命的津脉解人之困顿，拯人于危难，给人以方向，因此，得到了世人的喜爱和赞誉，马达加斯加人更是将它誉称为"国树"。

虽然被称为"国树"，甚至比很多树长得还高大，但其实，它不是树，而是草。然而，是树是草已经不重要，重要的是看有何作为。

# 独享仅存之食的棕熊妈妈

文／查一路

英国《每日邮报》披露，俄罗斯摄影师谢尔盖与摄影师福布斯，分别花了一年的时间，跟踪拍摄一头棕熊和一头北极熊。这是两头成年母熊，它们的身后跟着一窝小熊崽。镜头下，这两头母熊像人类一样，用自己的方式表达着对自己孩子的爱。

先是一组由福布斯拍摄的有关北极熊的画面。白雪皑皑的北极冰川，北极熊一家在冰雪中奔跑。这里遍地是慵懒而肥胖的海豹和海象，食物的获取相对容易。北极熊妈妈狩来猎物，坐在一边，幸福而满足地看着熊宝宝狼吞虎咽地享用美食。接近尾声了，熊妈妈加入了进来，在冰天雪地寒冷的北极，北极熊一家温暖地围拢在一起。欣赏这组图画的人们，由北极熊妈妈很自然想起了自己的妈妈。

谢尔盖带来的棕熊的图片却给人异样的感受。海浪中的棕熊，把自己的两只小熊崽推开，她独自饕餮仅存的猎物，两只小熊崽眼巴巴地看着母亲享用独食……

所有纪录片与科教片，几乎都在以大量的篇幅诠释动物的母爱几近人类的母爱——先孩子后自己，忘我而无私。这些图片，让人觉得惊诧，连摄影师谢尔盖也觉得匪夷所思：难道畜生就是畜生？

后来的跟拍中，无数个点滴瞬间，令谢尔盖十分震惊，这时谢尔盖才逐渐发现，棕熊母亲同样深爱着自己的孩子，或许它的爱更为理性。它之所以独享仅存的食物，是因为在未知的恶劣生存环境中，不知何时能捕猎到食物，棕熊需要从最后的一点食物中获取能量和体力。

因为如果棕熊妈妈因挨饿而没有力气，是捕不到猎物的，那样，幼崽只会跟着挨饿，严峻的生存危机随之笼罩这个家庭。如果那时的棕熊母亲无能为力，母子仨就真的山穷水尽了。

我看到图片上棕熊母亲拿起最后一点食物时，是背过身去的。看着小棕熊眼中那湿漉漉的渴望，我双眼潮湿——为生存的艰辛和母亲们心中的隐痛。

爱，是很感性的。然而，在许多特定情况下，它更需要理性。对爱人、对孩子、对亲人、对同胞乃至对民族对国家，爱，几乎不需要理由。然而即便如此，爱仍然需要方式，需要理性。

# 让野生动物野

文／（台湾）张晓风

"让野生动物野！"这是美国某国家公园给游客的告示。

让野生动物去野！不要喂它。喂它，就是宠它。但野生动物不是宠物，不该遭人喂食。

小松鼠、小花栗鼠、美丽的蓝悭鸟、大黑熊、灰狼……都那么可爱，游客一念之仁，便不免去施食。然而这施食却成了伤害。

"一旦喂食，你就把野生动物变成乞丐了。"

原来，不仅是"嗟来之食"不可吃，就连"礼貌性的施食"也不可以接受，一旦接受惯了，就立刻变成乞丐。

"它们会跟着汽车跑着乞食，弄不好，就给轧死。"告示上的说明令人触目惊心——那个会抛出食物的机械之神，居然同时也是可以轧死人的恶兽。"'跟踪器'显示，经过喂食的黑熊，在山林里走了160公里，都不曾主动去觅食，因为它觉得食物反正自己就会送上门来。"

武侠小说里江湖英雄最悲惨的命运其实不是死亡，而是遭人挑了手筋脚筋，以致"废了一身武功"。野生动物一旦遭到人类好心喂食，就等于英雄豪杰遭人废武功。一项简简单单自己找东西自己吃的生存法则居然也不会了。

"而且，人类有许多含添加剂的精致食物会使动物严重脱毛。"这一项说明，是大峡谷国家公园强调的。

我在崇山峻岭间行走时，不免为这样的告示惊动，原来"天地之漠漠无亲"才是大悲，人类的小德小惠反是不仁。

"我曾被什么所豢养吗？有没有哪一种施食方式将我变成乞丐了？"我栗然自问。

# 每一朵花开的理由

文／徐云峰

《物种起源》的作者达尔文曾经在马达加斯加发现一种奇怪的兰花：花柄细长，花从开口到底部竟然长达29厘米，只有底部3～4厘米处才有花蜜。于是他便大胆推测：这里一定伴生着某种长着足够长度喙的昆虫来替这种兰花授粉。当时有昆虫学家说他荒唐，直到1903年，这种蛾终于被找到了——长着25厘米长的喙、像小鸟一般大小的大型天蛾，它们被命名为"预测"。

科学家们忍受蚊虫叮咬、冒着生命危险在南非丛林中苦守在这种特异兰花旁边多个日夜之后，终于等到这种天蛾出现……没有这种天蛾，这种兰花就会绝种；没有这种兰花，这种天蛾也可能绝种！物种进化到这种地步，让人叹为观止。

同样有趣的是：你细心地观察同一地区不同植物的叶片，如果它是圆形的，则该种植物可能是蔓生或藤本植物；如果叶片一头成锐角，它则有可能是高大的草本或木本植物，而且叶片越尖锐，该种植物生长的高度越高。也就是说，植物的生长高矮程度其实是可以通过不同形状的叶片辨别出来。这种分布让同一地区不同的植物可以最大限度地利用好有限的阳光、水和空气，这是一种合理的共生。

草原上，茂密的青草饲养了羚羊，羚羊又给狮子提供了食物。狮子死亡之后逐渐腐烂，最后变成有机物质为植物提供肥料。如此循环往复，构成一个完整的生态系统。世界的一切生物都朝着最适宜生存和最具繁殖成效的特性进化。

有一朵花，就有一朵花开的理由。这便是自然。


# 自然更替

文／［巴西］保罗·科埃略　编译／夏殷棕

自然界中没有胜利和失败，只有更替。

冬天让位于春天，夏天让位于秋天。

羊吃草，狮吃羊。与谁更强大无关，只是生与死的更替。

　　在这样的更替中，没有赢家，也没有输家，只有要走过的舞台。人心若能理解，则获自由，便能坦然面对艰难时光，便能坦然面对短暂的荣耀。

　　二者均会消失，一个替代另一个，更替继续。人的灵魂则能从肉体中解放，找到归宿。

# 风·蝴蝶

文／［美］王鼎钧

风不为传播花粉而吹。风行其所不得不行，止其所不得不止，为吹拂而吹拂。花知道顺应风势，使花粉落在柱头上，花粉就长出一根管子来，进行传宗接代。风是博大的，不经意的花是机巧的，有谋算的。

蝴蝶并不为传播花粉而飞。它靠花养活，把针管一样的嘴刺入花心，吮吸里面的汁液。就在饮食的时候，它毛茸茸的爪上沾满了花粉，完成像风那样的输送，算是对花的回报。蝴蝶来了又去，双方有施有受，共存共荣。

风和花的关系是天和人的关系，天心难知，人可以自求多福。风的境界高，吹遍二十四番花信，一无所取，浑然俱忘。世界上也可能有风那样的人。

蝶和花的境界是人与人的境界，忙忙碌碌，你为我，我也为你。大家都活下去，像根链子。没有风，蝴蝶也能延续千红万紫。

只要不做害虫。


# 自拜其心

文／瘦　茶

说神佛，就觉得李渔说得最好，《十二楼》曰："从来拜神拜佛，都是自拜其心，不是真有神仙，真有菩萨也。"这一句"自拜其心"说得真是贴切。不过要我说呢，神仙真有，菩萨也真有，便是自家腔子里那一颗心也。一心善，众生即仙佛，一心恶，仙佛即众生。

# 农夫哲学

文／韩松落

铃木大拙曾说："如果一个民族可以用一个形容词来表明其特性的话，我要说中国人是脚踏实地的——杰出的脚踏实地。"

所以禅宗的开创者和精神导师慧能，只以农夫的面貌出现，只是默默耕种、收获、铺路、架桥，把劳作当作修行，不论生活还是思想，都不离土地太远，把当下的生活，当作"意义"本身；所以百丈禅师的座右铭是"一日不作，一日不食"；所以冯友兰先生在《中国哲学简史》中这样概括中国哲学："注重的是社会，不是宇宙；是人伦日用，不是地狱天堂；是人的今生，不是人的来世。"

# 友分四品

文／吴正清

有一天，一位信徒请教释迦牟尼："如何才能交到志同道合的朋友？"

释迦牟尼说："友有四品，不可不知。"

"哪四品呢？"信徒问。

"有友如花，有友如秤，有友如山，有友如地，是谓四品。"释迦牟尼说，"何谓如花？好时插头，萎时捐弃，见富贵附，贫贱则弃，这是花友。何谓如秤？物重头低，物轻则仰，有与则近，无与则慢，这是秤友。何谓如山？譬如金山，鸟兽集之，毛羽蒙光，贵能荣人，富乐同欢，这是山友。何谓如地？百谷财宝，一切仰之，施给养护，恩厚不薄，这是地友。"

"四种朋友,我们如何选择呢?"信徒再问。

释迦牟尼说:"前二者,攀富贵,弃贫贱,有赠则尊敬,无赠则怠慢,都是嫌贫爱富的酒肉朋友,不能视为知己。后二者,能把欢乐给人,卫护一切众生,恩厚不薄,这才是我们所要交往的朋友。"

# 不必恨屠夫

文/(香港)李碧华

有一天,牛群聚集在一起商讨对付屠夫的办法。

它们恨透了屠夫,他天天屠宰,不知多少同类死在他手中,但这又是他的职业任务,躲不了。

牛群把它们的角磨尖,准备拼死战斗。

一头耕过许多田地,历尽沧桑的老牛说:"屠夫确实宰杀我们,但他的手艺精巧,在节骨眼下刀,减轻我们的痛苦,可以快些死去。"

它又补充道:"如果没有这些高明的专家,换了其他人来屠杀,我们就更痛不欲生了。屠夫可以除掉,但世人依旧吃牛肉,得明白这个道理。"

这让我们联想——

(一)危险、灾难和死亡是不可避免的。

(二)不可避免的,我们只好勇敢地面对,无奈地接受。

(三)长痛不如短痛,与其痛苦,不如痛快。

（四）屠夫是杀之不尽的，因为这是他们的职业和任务。换了面貌，换不了刀法。

# 树的哲理

编译／锄　禾

一个男人、一个女人和一个孩子向一棵树倾诉着自己的烦恼。

"怎样才能既按你说的做，又不会迷失自己？"孩子问。

"你看我，"树说，"我在风中折腰，在雨里低垂，到现在我还是我自己，我仍旧是一棵树。"

男人说："我无法改变自己。"

"你看我，"树说，"我每个季节都在发生变化，由青葱变得枯黄，再回到青葱。到现在，我仍然是我自己，仍旧是一棵树。"

女人说："我的爱已耗尽，为了爱，我完全放弃了自我。"

"你看我，"树说，"我的树枝上有知更鸟，树干中有猫头鹰，苔藓和瓢虫生长在我的树皮中。它们能带走我所拥有的，但带不走我自己。"

# 给心加根柱子

文／罗　强

深山有古寺，悬挂在悬崖峭壁间，上载危崖，下临深谷，巧借岩石暗托，远远望去，大有凌空欲飞之势。

历史上多有大德高僧于此修行弘法，佛法氛围深厚，一度曾是皇家供奉，经声朗朗，驰名天下。

最近几年，信徒越来越少，僧人不解。

多番了解之后，终于明白了：寺庙立于悬崖之上，历经风雨，虽有万千美景，但近年多发山崩地震，游人听得脚下呼呼生风，木板颤动作响，担心受其影响，这些 500 年前的建筑，无法承受今日的重量。

师父听闻情况，苦于无钱翻修，几经思索，于山下寺门边刻上通告，介绍寺庙的斗拱榫卯结构，弹性抗震，哪怕再经千年，也没有任何问题。

无奈，人们并不相信这些解释，那一眼的破旧，让人着实不安，香火依然不旺。

直到一年后，情况大为不同，寺庙游人如织，鉴于前来观看者太多，寺庙不得不做出限制人数的规定。

原来，师父让弟子在支撑木板的横梁下，安上一根粗木支柱，远远望去，寺庙虽于悬崖之上，但有立柱支撑，更为牢固，给人以稳固之感。其实，弟子当初修建立柱之时，木料不够长，以至于立柱与横梁之间，还有两厘米的空隙。

但经此一招，游人却相信寺庙的安全，观者如云。

恐惧是心魔，无处不在，无时无刻不在游荡。给寺庙安上柱子，哪怕它于建筑并无作用，却能让人们更有安全感，消除内心的害怕。

# 一只船的航行

文／游义平

茫茫大海中，迷失的船上两人已经精疲力竭，丧失水与食物多日的两人虽然历尽拼搏，努力想要将船靠近岸边，但终于没有成功，也没能获救，相继死去。

无人驾驶的船失去了人的指挥，只能在大海上随风雨飘摇。

一群鸟儿飞过，看着海中无拘无束的船，羡慕地说："船真幸福啊，可以在蔚蓝的大海上散步，无忧无虑，更可以品味阳光、蓝天。难为我们啊，还要为生存而四处奔波。"

一朵云飘过，由衷地赞美海中的船："茫茫大海中，你却可以不负重荷，不必坎坷，不必蹉跎。内心无声，让沉默成为大海中一道特别的风景。"

船叹了一口气说："唉，其实你和鸟儿都错了。我是一只失去方向的船，没有前程与目标，对于我来说，任何时候的风都是逆风，任何情况对于我都是逆境。自从我的主人死去后，我不知道，我的目标在哪里，我也不知道，我的归途在哪里。我现在只能四处飘荡，最终被大海吞噬。"

不错，失去目标，就会失去一切。

# 不打这破鼓

文／王溢嘉

思考的极致是不思考，不去思考不必思考的问题。

齐安禅师问众人：“以虚空为鼓，用须弥山做槌，有什么人能打这样的鼓？”

大家都不知如何回答。有人拿这个问题请教南泉禅师。

南泉说：“老僧不打这个破鼓！”

一个和尚问：“一个人在孤峰上住时，该怎么办？”

云居禅师答：“你有七间房子空在那儿不去住，谁要你一个人住到孤峰上去了？”

很多人喜欢思考一些看似深奥，其实是莫名其妙的问题。1950 年，美国有个电视节目名为“最后两分钟”，邀请名人上节目畅谈“假设你的生命只剩下最后两分钟，你将做什么？”很多名人都应邀亮相，说得惊天动地、唾沫横飞。电视台邀请爱因斯坦参加，却被拒绝了。他在回复制作单位的信里说：“我无法参加你们的‘最后两分钟’节目，因为我觉得人们如何使用他生命中的最后两分钟，对我来说，似乎不怎么重要。”只有像爱因斯坦这样的大师才能一针见血地直接点出思考这类问题的“大愚若智”——无聊装可爱。

美国心理学家詹姆斯说：“天才的本质是知道该忽略什么。”天才，不是喜欢什么都去思考，而是有点懒惰，在知道什么不必思考后，就绝不会去思考。

# 稻 草

文／［罗马尼亚］杰奥·博　编译／李家渔

许多稻草聚集在“彼岸世界”里闲谈。

"唉!"一根稻草说,"我的命多苦啊!我在阳光下听着云雀的歌声生活了一个夏天之后,被扔去让驴子吃。"

"我呢,"另一根稻草说道,"我像大海一样在微风中卷过层层细浪后,成了猪圈的垫子。"

"我们的命运真是太悲惨了!"许多稻草齐声哀叹。

"我不知道被猪吃的时候心里是什么滋味,"最后一根稻草说,"但,没有比看着溺水者最后怎样抓住你更叫人难过的事了。他的眼里闪着希望的光芒,而身子渐渐向水底沉去。不,再没有比那让溺水者绝望的稻草更伤心的了。"

# 念珠不在,佛还在

**文/宗 禾**

有个寺庙,因藏有一串佛祖戴过的念珠而闻名。念珠的供奉之地只有庙里的老住持和 7 位弟子知道。7 位弟子都很有悟性,老住持觉得将来把衣钵传给他们中的任何一个,都可以光大佛法。

不想那串念珠突然不见了。老住持问弟子:"你们谁拿了念珠,只要放回原处,我不追究,佛祖也不会怪罪。"

弟子们都摇了摇头。

7 天过去了,念珠依然不知去向。老住持又说:"谁要承认了,念珠就归谁。"

但又过去了 7 天,还是没人承认。老住持很失望,"明天你们就下山吧。拿了念珠的人,如果想留下就留下。"

第二天，6名弟子收拾好东西，长长地舒了口气，干干净净地走了，只有一位弟子留了下来。

老住持问留下的弟子："念珠呢？"弟子说："我没拿。"老住持又问："那为何要背偷窃之名？"弟子说："这几天我们相互猜疑，有人站出来，其他人才能得到解脱。再说，念珠不见了，佛还在呀。"老住持笑了，从怀里取出那串念珠戴在这名弟子手上，说："能想自己，更能想别人，就是佛法啊。"

# 矮门进高人

**文／湛弘法师**

孟买佛学院是印度最著名的佛学院校。它除了建筑历史悠久、培养了许多著名的学者之外，还有一个细节是其他佛学院所没有的。这是一个极其细微的细节，所有进入这里的人，当他再出来的时候，几乎无一例外地承认，正是这个细节让他们受益无穷。孟买佛学院在它的正门一侧，又开了一个小门，这个小门只有1.5米高。一个成年人要想过去，必须低头而过，否则只能碰壁。

这是孟买佛学院给学生们上的第一课。教师会引导他们到这个小门旁，让他们进出一次。很显然，所有的人都是低头弯腰进出的。尽管有失风度，却可以使人有所领悟。教师说，大门当然进出方便，而且能够让一个人很有风度地出入，但是，很多时候，我们要出入的地方不是都有宽阔的大门，这个时候，只有放下尊贵和体面的人才能出入，否则，你就只能被挡在院墙之外。

# 让人跑不快的沙子（外一则）

文／黄小平

"在沙滩上，为什么跑不快呢？"弟子问。

"为什么在沙滩上跑，摔倒了，却摔不伤呢？"大师反问。

"因为有沙子的保护，软绵的沙子，起到了缓冲的作用。"弟子说。

"现在你该知道在沙滩上为什么跑不快的道理了吧。"大师说。

弟子仍未开悟。大师说："天下哪有这样的好事，既跑得快，又没有摔伤的危险。天下的好事，那些骄人的成绩和让人羡慕的光环，都是伴随着风险和隐患的啊！"

## 每一粒米都有它的潜力

大师说，每一个人都有他的潜力，就如每一粒米都有它的潜力一样。

有人问：米有什么潜力呢？

大师回答：大家看过酿酒吗？酿酒师把米蒸熟，再把蒸熟的米放进缸里，然后把缸密封起来，让米与外界隔绝，隔绝外界的喧嚣与繁华。一段时间后，缸里那质朴的米便酿成了醇香的酒。这时，几元钱一斤的米开始成为几十元、几百元甚至上千元的酒，这就是米的潜力。

大师顿了顿，看了一眼大家，继续说：米的潜力是怎样形成的呢？就是从它在缸里密封的那一刻开始，从它隔绝外界的喧嚣与繁华开始，是黑暗、孤独、寂寞、沉静"酿"就了它的潜力。

每一粒米的潜力，是由黑暗、孤独、寂寞、沉静"酿"成的，每一个人潜力的挖掘和开发，也是如此。大师说。

# 放开树枝

文／［印度］安东尼·德·梅勒　编译／孙张静

一个无神论者摔下了悬崖。下坠的过程中，他抓住了一棵小树的树枝，悬在了半空中，脚下就是万丈深渊。他知道自己坚持不了多长时间。

于是，他想到了一个主意。"上帝！"他用尽全力大喊。

一片寂静，无人应声。

"上帝！"他又叫喊道，"如果您存在，请救救我！我发誓我会信奉您，还会让别人也信奉您。"

还是没有回音。就在他要松开岩石上的那根树枝时，他听到山谷里传来雷鸣般的声音："他们有麻烦时都这样说过。"

"不，上帝，不！"他高呼，觉得有了指望，"我不是那种人！为什么这么说？我已经开始相信您了，您难道看不出来吗？我已经听到了您的声音。现在，您要做的就是救我一命，我将永生宣扬您的美名。"

"那好，"那声音说，"我要救你的命，松开树枝吧！"

"松开树枝？"这个快要发狂的人喊道，"你以为我真疯了吗？"


# 敏感的妖怪

文／（台湾）林清玄

从前，在一个很深的山上，住着一位名字叫"敏感"的妖怪，这只"敏感"的妖怪很敏感，可以事先知道人们心中的想法。

有一天，一位樵夫上山砍柴，遇见了"敏感"，心里想应该抓住这只妖怪，来拯救世人，因为事先知道别人的想法实在太可怕了，它将使夫妻反目、朋友成仇、天下不太平。

在樵夫还没有动手之前，"敏感"已经知道了，他问樵夫："你是不是想抓我？"

樵夫没有料到自己的想法被识破，恼羞成怒，心想干脆把这只"敏感"的妖怪杀了。

当樵夫正想举起斧头的时候，"敏感"大叫起来："哎呀！没想到你的心这么恶毒，竟然想杀死我。但是，无论你心里想什么，我都能预先知道，所以，你杀不了我，也抓不到我。"

樵夫无计可施，只好把抓妖怪、杀妖怪的想法暂时放下，继续砍柴，"敏感"知道樵夫拿自己没办法，就坐在一旁嘲笑樵夫。

樵夫为了对付"敏感"的奚落，只好更专心一意、心无旁骛地砍柴，由于过度专心，斧头的柄松了，樵夫也没发觉。

当樵夫再度挥动斧头的时候，斧头的刃飞了出去，正好打中"敏感"的头，原来在一旁扬扬得意的妖怪"敏感"，当场毙命。

这个寓言是在说唯有无心，才能对付藏在内心敏感的妖怪，回到心安的境界，也只有专心一致的人才能达到。

在生活里，我也是这样，我只是专心地工作，那些挫折、敏感、不顺心的念头与情绪，即使在一旁跳跃，也很快就消弭了。

# 一片真理

文／[巴西] 保罗·科埃略　编译／赵文恒

撒旦率喽啰在地狱巡视，看见一群男人在路上低头寻找，不时弯腰捡起某些闪光的东西，小心翼翼放进口袋里。

一个小喽啰好奇地问："他们找到了什么宝贝？"

撒旦不屑地回答说："一片真理而已。"

喽啰们都忧心忡忡，毕竟，只需一片真理也可以救赎一个灵魂，长此以往，地狱就会充满真理、空无一人，那么撒旦和众人就岌岌可危了。

于是众喽啰纷纷建议："太可怕了，这群人居然发现了真理，快把他们抓起来，再把道路上的真理扫干净！"但撒旦面无表情、无动于衷。

喽啰们看到，捡到真理的人都兴高采烈，不停向周围的人炫耀着，但对方丝毫不甘示弱，也从口袋里掏出一片真理，拼命向对方解释着什么。接着两个人开始吵架、扭打成一团。

看着这一切，喽啰们不知道发生了什么，迷惑地看着撒旦。

撒旦解释道："这些真理碎片是我故意撒在路上的，每个人发现了一片真理，就认为自己掌握了全部真理，他们开始辩论和争吵，都想说服对方，这样一来，他们离真理就会越来越远，这正是我所希望看到的结局，咱们还有什么可担心的呢？"

# 解铃人

文／〔法〕一行禅师

　　有一个来自㤭赏弥的女子，名叫摩刚提卡。她遇到佛陀时，佛陀已四十四岁。当时，摩刚提卡对佛陀一见倾心，一直想知道佛陀对她有没有另眼相看。她想尽办法引起佛陀的注意，但佛陀只是如对一般人那样对待她。长久下去，她对佛陀的爱慕变为恼恨。后来她成为富萨的郁提纳王的妻子，便屡次用自己的影响力来散播佛陀的谣言。她更对有关方面施压，以防止佛陀举行公开的法会。遇到这种种的难题，佛陀的弟子阿难陀向佛陀建议离开㤭赏弥，往比较友善的地方弘法。但佛陀却问他："假如我们在别处也遇到同样的羞辱和困难，我们又怎么办？"

　　阿难陀回答："再往别处去。"佛陀不同意："那是不对的，阿难陀。每次遇到困难，我们都不应该气馁。我们应该在困难中把问题解决。阿难陀，如果我们实践平等心，我们便不应被羞辱毁谤所困扰。毁谤羞辱我们的人是伤害不了我们的，他们到头来只会伤害他们自己。当一个人向天上吐涎，上天不会为之气结，涎沫也只会跌落在吐涎人的脸上。"

# 最低的能力

文／（台湾）星云大师

世上的人，学问有大小，能力也有大小。有学问的人，著书立说，从事教育；有能力的人，做大官，管理大企业，呼风唤雨；运气好的人，也能水涨船高，靠着别人的因缘，出人头地。但是有一些人，实在没有那么大的学问，也没有那么大能力，是不是就一事无成呢？其实不然，只要有心，具备一些最低的生活能力，也能生存。我们应该自问：

你能烹煮三餐吗？吃是人生大事，民以食为天，每个人、每个家庭、每个公司，都少不得要吃。纵使你什么能力都没有，煮个三餐的能力不能没有。在家庭里，从小随着父母生活，就应该学会烧煮三餐，一个不能料理三餐的人，如何能生活下去呢？

你肯做临时工吗？一般的临时工，就是指苦力。基本上人都有吃苦的能力，所以肯把吃苦的能力使用出来，也会有工作。所谓临时工，帮人家做挑夫，帮人家推车，帮人家打扫，帮人家做杂务，既不需要什么技能，却是生存的本钱，也是最低的生活能力。

你愿意捡破烂吗？我们看现在的社会，有一些捡破烂的人也能发财。例如台湾彰化福山寺，就是靠着一群义工从事资源回收，经过十几年的时间，终于建成了一座福山寺。一个人假如能做到"你丢我捡"，让废物再利用，不但生活无忧，也是为社会做环保。

你会耕种田园吗？住家的门前屋后，有时候一小块荒废无用的零星土地，只要着手整理，加以开垦种植，或者种些花卉，或是种些蔬菜，不但美化环境，也能增加收入，对生活不无帮助。

人说双手万能，人的六根，口说、手做、脚行，都是本能。假如没有口才，也没有快腿，运用万能的双手，可以帮人家做手工。举凡编织、雕塑、组装零件等，都是表现自己的能力，让自己不一定靠别人来养活。甚至只要有志，不但能养活自己，还有能力养活别人，那就是最好不过的事了。

最低的生活能力，这是每一个人都应该具备的，假如上述最低的生活能力都没有，坐吃山空，只等着别人救济，那真是人生最大的悲哀。

# 一朵雪花的重量

文／步 摇

"告诉我雪花有多重？"一只山雀问野鸽子。

"几乎没什么重量。"野鸽子回答说。

"那样的话，我必须告诉你一件不可思议的事。"山雀说。

"我卧在杉树上，离树干很近，这时天下起了雪，不是很大，不是狂风暴雪，就像一个梦似的，悄无声息，一点都不猛烈。因为无事可做，我就数起了落在树杈枝叶上的雪花。它们的确切数目是8865220片。你说雪花几乎没什么重量，但当第8865220片雪花落在树枝上时，树枝就折断了。"

说完，山雀就飞走了。

野鸽子从诺亚时期就已是各种问题的权威了，它想了一会儿，最后自言自语地说："也许让和平来到世上，再有一个人的声音就够了。"

# 我

文／蔡　澜

"我开发了大陆市场。"这个人说完给我一张名片，抬头上，写着某某公司的经理。

一个经理能开发一个市场吗？没有整个公司职员的努力，没有老板的眼光和大力支持，你做得到吗？

怎可以把一切归功于一个"我"字？就算是老板，在外国也用"我们"，从不是"我"。英文的"We"是谦虚的，我们就学不会用这个字眼。

"我把赤字减轻了。"政府里的一个小官说。单靠你一个人？简直是笑话嘛。

这个"我"字，说惯了，在老板面前也用，老人家听了心里当然不舒服，但是狐狸嘛，笑着说："非你不可。"

转头，找到另一个人，即刻炒你鱿鱼，留下你这种人，是危险的。

年轻人总认为自己是不可替代的，在当今集体制作、合群经营的商业社会中，已经没有了一个"我"字，公司一上市，连做老板的也是受薪，做得不好随时会被股东们抛弃，哪来的我、我、我？

生意做得越大，越学会用人，知道人才会给你带来财富，而常把"我"字变为口头禅的家伙，将会给公司带来祸害。

要做"我"？也行，去当艺术家吧！一幅画、一件雕刻，没有了"我"，就死了。写文章也是，用"我"是种特权。

做生意嘛，还是少几个"我"，用回"我们"吧！

# 沟通三态

文／鲁成勇

人与人之间的沟通，可以分为三种不同的心态，即家长心态、成人心态和孩童心态。

有这样一个例子：三个人合伙做生意，最后赔了。甲说："都怨你们，没有真本事，和你们合伙真是倒霉！"乙说："我觉得这次赔本有几个原因，一是我们三人想法不一，劲没往一处使；二是工作上也存在一些客观阻力。"丙说："都是我不好，我没干好工作，请你们原谅，我一定会改正，大家还是接着干吧。"

这段对话中，甲用长辈的口吻指责两位同事，显然是一种家长心态；乙非常冷静，像一个稳重、明理的成年人，属于成人心态；丙却像个小孩子，像做了错事一般，一个劲地求大家原谅，正处于孩童心态。

几乎每个人在与人交往过程中，都有过这三种心态，只是比重不一而已。在生活中，我们经常会遇到一些固定角色者。长期处于家长心态的人很喜欢批评别人，或提出建议强迫你接受，要不就是喜欢干涉别人的生活，把你当作小孩一样照顾。"终身孩童"是那些长期处于孩童心理的人，就算活到五六十岁，他们的言谈举止和思想行为等各方面都俨然一个小孩子。他们一般没什么主见，凡事依赖别人的时候多，常常还不肯承担责任，做事过于冲动，生活上需要别人照顾和呵护。在与人交往时，他们喜欢引人注意，赢得赞许。而长期处于成人心态的人喜欢纯逻辑思维，他们做事非常理智，很少讲感情，常被人称为"冷血"。他们在生活中极少幽默，时间被安排得满满当当，与他们相处是件非常乏味的事。

在人际交往中，我们每个人都应该注意自己正处在什么心态，在不同场合找出最为恰当的角色心态与人交往。相信只要注意沟通，你就会拥有许多的朋友，成为一个很受人欢迎的人。

# 讥与誉

文／周越然

讥就是骂，誉就是赞，两者相较，骂容易受，赞反难受。这是我个人的意见，想他人未必皆然。

倘若有人骂我为"乌龟忘八"，我非独不声不响，不回驳，并且一点也不生气，不发怒。为什么呢？因为我不是乌龟，未曾忘八。他骂错了人，他骂的不是我，是另一个人。倘若有人称赞我年岁高，子孙多——"多福多寿"，那是存心玩笑。我的年岁，与马相伯比较起来，真是小巫见大巫——我还是一个小孩子。我的子女，虽然比别人多些，然而他们要我抚育，要我嫁娶，多受累呀！哪里是福？

讥与誉互比，誉实危险，讥则不然。臭骂我们的人，虽有恶意而无恶心；将我们大大骂过之后，他的怒气出了，事情就完了。奉承我们的人，既有恶意，又有恶心。明末诗人钱谦益的弟子某某，常常来赞他，说他的某首诗如何美雅，某一联如何卓越，钱氏总不大理睬，旁人问道："他这样称赞，你何故这样冷淡？"钱氏道："他不是来赞，他是来探，将来拿了我的著作，去告发我的就是他，你们静待好了。"后来果然！所以对于臭骂者，我们不必注意；对于过誉者，我们应该谨防。

# 墙上的咖啡

文／王惠云

一日，我和朋友在洛杉矶一家有名的咖啡厅闲坐，品着咖啡。这时进来一个人，坐在我们旁边的那张桌子旁。

他叫来服务生说："两杯咖啡，一杯贴墙上。"他点咖啡的方式令人感到新奇，我们注意到只有一杯咖啡被端了上来，但他却付了两杯的钱。他刚走，服务生就把一张纸贴在墙上，上面写着：一杯咖啡。

这时，又进来两个人，点了三杯咖啡，两杯放在桌子上，一杯贴墙上。他们喝了两杯，但付了三杯的钱，然后离开了。服务生又像刚才那样在墙上贴了张纸，上面写着：一杯咖啡。

似乎这种方式是这里的常规，但却令我们感到新奇和不解。不过由于事不关己，我们喝完咖啡，付了钱，就走了。

几天后，我们又有机会去这家咖啡店。当我们正在享受咖啡时，进来一个人，此人衣着与这家咖啡店的档次和氛围都极不协调，一看就是个穷人。他坐下来，看看墙上，然后说："墙上的一杯咖啡。"服务生以惯有的姿态恭敬地给他端上咖啡。

那人喝完咖啡没结账就走了，我们惊奇地看着这一切，只见服务生从墙上揭下一张纸，扔进了纸篓。此时，真相大白，当地居民对穷人的尊敬让我们感动得热泪盈眶。

咖啡既不是社会的基本需要，也不是生活的必需品，但需要指出的是，当我们享受任何美好的东西时，也许我们都应该想到别人，有些人也喜欢这样的东西，但却无力支付。

再说说那位服务生，他在为那个穷人服务时一直都是面带笑容。而那位穷人，他进来时无须降低自己的尊严讨要一杯免费的咖啡，他只需看看墙上。

我们要记住那面墙。

# 水井的故事

文／朱吉红

在一个偏远的山村，十分缺水。人们用水要到很远的地方去挑。后来，老张家找来一个打井队，在门前打了一眼水井。后来，老李家也打了一眼水井，但水质却没有老张家的好。于是，邻居们纷纷到老张家去打水，很少到老李家。

有年干旱，井水不够用，老张家也常常用不上水。为此，老张家起了私心，不想让邻居们来打水，但乡里乡亲的又不便直说，于是，就砌了院墙把水井圈到院子里。因为有了围墙，邻居们打水不如以前那么方便，于是，到老张家打水的人越来越少。

因为老李家的水井随时都能打水，十分方便，所以，村民们纷纷到老李家打水，哪怕是深更半夜也不会受到任何影响。时间长了，老李家的水质越来越好，甚至有人说，老李家的井水有一股香甜的味道。

与此同时，老张家的井水却莫名其妙地变得浑浊起来，到了后来就根本无法饮用。为此，老张专门找到打井队询问原因。打井师傅告诉他："一眼水井至少要有十多户人家经常使用，才能把水用活。活水不腐嘛！"

老张因为担心邻居用水，砌起了院墙，最终害了自己。方便别人，才是真正地方便自己！

# 小 善（外一则）

文／张亚凌

很冷的天，很大的风。一对母女站在街道拐角处等着什么。她们衣着朴素，背着碎花布缝成的布兜儿，看样子是乡下来的。

女儿推开拐角处商店的门，回头对老人说："妈，快进来避一阵子。"老人显得很犹豫，问女儿认得人家不，能不能进去。

"老婶子，认不认得都得让您老人家避避风啊。"

店里的人开口搭了话，老人才随着女儿进去。

就是那一句话，我在风中足足站了好几分钟，而后我也推开了商店的门，买了自己需要的物品。临走，我笑着对店主说，认不认得，你都让老人家进来避风，买你的东西心里也踏实。

其实购物时，我更偏向于大的超市，似乎大的超市不会有假冒伪劣的东西。然而就是因为那句话，我进了那家小商店。

善，即便再小，也可以繁衍滋生出更多的善。

搀扶着老母亲去老家的小镇上给她买身衣服。遇上集会，人多。许多店家，一看顾客没有买的意思，恨不得立马把你推出门去。

我很小心地搀扶着老母亲，唯恐别人撞了她。母亲人胖，个儿又不高，合适的衣服不大容易找，以至于母亲都转累了。害她受累，我心里很是过意不去。

进了一家服装店。

"老人家乏了，坐下歇歇吧。"店主从柜台后拿出一个凳子，冲我笑着说，"买不买无所谓，不要把老人家累着了。"

最后，在那家店里同样没找到适合母亲穿的衣服，我从店里挑选了一些小东西，就因为她递过来一个凳子让母亲坐下。

我喜欢这样的生意人，闻到的不是铜臭味儿，而是人性的芬芳。

## 性格招牌

下班路过菜市场，买了一把韭菜几个土豆。

"帮个忙行不？"一个大妈满眼渴望地瞅着我开口道。她看起来的确很狼狈，自行车的后架上堆满了批发的几捆芹菜、葱，前面篮子里、车把两边，都是菜。我爽快答应，快步走过去，帮她扶住了自行车。她边整理菜边跟我絮叨："我都问了好几个人，没人愿意搭把手。"我笑着问，你咋就断定我会帮忙。"那当然了，你手里拿着书呀！"

我手里拿着书就是良善的标志？那一刻，我突然感激起书来，它无意间成了我性格的招牌。

倘若留意，你会发现性格的招牌到处都是。

去年的一天，雨很大，等了好一会儿也不见闪过一辆出租车。我拉下面子，瞅准了一辆私家车，招手，停了下来。

上车后，车主笑着问我咋知道他就会为我停下来。我笑着说："你会停的，因为你开车跟别人不一样。"看他一脸不解，我就给他说道起来：开过去那么多的车，都开得飞快，根本不理会有行人或等车的人，水都溅到别人身上了。只有你的车，在有人时速度很缓慢。开车都这么注意的人，肯定是个为他人着想的善良人，当然会停车的。

性格的招牌，你有吗？

# 表扬过一个好孩子

文／吴　非

　　有个小学生在街上做了件好事。邮局门口的一排自行车倒在地上，人行道上人们走来走去，视若不见。这个孩子大概不常看报纸，也没有人对他进行"社情"教育。于是就上前去把它们一辆一辆地扶起来，立稳。就在这时，有个人从邮局里出来了，看到小学生在困难地扶自行车，连忙说："没关系！没关系！"小朋友听了可能有些意外：这不是我弄倒的呀，怎么听上去像是我弄倒的呢？可这一位还算是好的。邮局里又走出来一个，一看到孩子在扶自行车，止不住埋怨了一句："小朋友，怎么搞的？下次当心点哦！"这孩子当时就有些不知所措，这种冤屈不算大，但对一个孩子来说，已经是有口难辩了。

　　这时，从一旁走过来的第三个，笑着说："小朋友，谢谢你！你真好！""为什么你没有怀疑是我碰倒的呢？"那人说："我小时候，遇到和你一样的事，很委屈。所以我现在只要看到小朋友在扶自行车，我就什么都不问，先谢谢他们。"

　　告诉你吧，我就是那第三个人。看那孩子似懂非懂的表情，我想，今天他回去后，想起这件事，他先前的委屈也不算什么了，兴许还能很愉快地写出一篇很棒的《记一件有意思的事》。但那天晚上，我倒有点睡不着。我想，人们为什么就不能换个思维角度，去保护一个孩子的心呢？

　　有时，我会说些往事给朋友们听，也说起过小时候做好事反而被冤枉的委屈，那些大人说话都是无意的，可是我在睁大眼睛看世界时，被他们的粗疏大意伤害了，渐渐让我和我的小伙伴们学会了不必要的谨慎。有人说，俱往矣，现今街头那么多监控摄像头，用不着怕被冤枉。

　　可是，怎样才能对一个小孩子说清这种复杂的事呢？我没办法，我只能用老办法：只要遇到孩子们在扶倒下的自行车，二话不说，先表扬他们。

# 一碗水

### 文／贾赛赛

看见她是一天中午外婆在厨房做饭时，暑假回乡度假的我正在院子里闲来逗猫。

她进来了。我打量着她，一双不合脚的山地鞋上满是泥巴，袜子蜷缩着贴在细弱的脚腕上，腿上没有一处是完好的，大大小小全是蚊虫叮咬的伤疤，足以让人头皮发麻。不合身的裤腿挽到了大腿根，腰间还别着一根黑麻绳，大概是腰带吧。再看那满头黑白相间的枯发，头发后还绾着一个婴儿拳头大的发髻，发间的卡子已经生了铁锈，脸则像秋刀割过的麦地，只剩下沟壑纵横。

我下意识地从自己原来待的地方往后站了站。

她对我笑了笑，眼神里有点怯懦。人就是这种奇怪的动物，越是当别人尊重自己时，越觉得自己高人一等，我就是其中之一。看着自己整洁有型的外衣，想着自己在她面前风雅、矜持的形象，我有点儿沾沾自喜。

我对外婆说："有人来了。"外婆探头看了一眼，笑着呜呀呜呀地指手画脚，她也呜呀呜呀地比画着。我被这阵势弄晕了头脑，不解地问："这谁呀？"

"是个远房的亲戚，是个哑巴，这是走不动了，讨碗水喝。去，拿个碗，给她弄点水喝吧。"

我惊愕地站在那里，"用咱们吃饭的碗？"

外婆手里的厨房家伙叮当作响，"那有啥。"

我万分不情愿，但碍于外婆，我还是从厨房拿了个碗，走到井前准备给她提水。

她伸手接过碗，呜呀呜呀和我点头哈腰。当我弯下腰把水从井里提出来时，她没有直接取水喝，而是先把碗洗了洗，然后才咕咚咕咚喝水。

她竟然要洗一洗我们的碗！说起来好像夸张，但我当时真的被镇住了。

我有点呆了，不知心里是何滋味。是啊，我在都市的地铁看到乞讨的人，儿时的恻隐之心都已经麻木了；街头看见歌手卖力演唱，曾经支持鼓励的热情都已经消退了。我以为，我有质疑他人的权利；我以为，我有看不起他人的资格，可从此，我知道我错了。就像这位妇女，她也有爱干净的权利，也有着自己的人格和尊严。

接受着她呜呀呜呀的道谢，看着她善意真诚的笑容，我感到心虚。

目送她蹒跚远去的背影，外婆说："你别看她哑，可特别勤劳持家，是个好女人。"我仿佛被洞悉了内心的秘密，窘迫不安。

请原谅，我是那么年轻，以致轻狂。若能与你重逢，我定会双手捧碗，发自内心地道一句："歇歇脚，进来喝碗水吧。"

# 不为让他感激

文/王 纯

小区门口有一位年纪很大的卖菜老人。每天傍晚，我都看见邻居张姐去他那里买菜。连续好几天，她都买了一大堆菜。我好奇地问："每天都买这么多菜，吃得了吗？"她笑笑说："我是为了让卖菜的老人早点回家，吃不了给别人分分就行了。"

那次，我和张姐一起到老人那里买菜。我刚要对老人说出张姐的一番好心，她却示意我不要说。我们离开后，我问她："你这样做，他还以为你家真需要那么多菜呢，人家甚至都不会感激你一下。"她又笑了，说："我不为让他感激。如果说了，他会觉得过意不去，那样他心里会不安的。我只是做了自己认为应该做，也喜欢做的事。"

我的一个朋友，本来是工薪阶层，收入不高。五年来，他一直在资助一个贫困学生。那次，正巧那个学生来看望他。他带着学生逛商场，给他买了很多东西，显得自己很富有。我感到奇怪，问他："为什么要这样做呢？这样他对你的感激之情会减少的。如果他知道你也不宽裕，却资助他这么多年，他一定会感激你、回报你的。"朋友淡淡地说："我不为让他感激。我做了自己喜欢做的事，他得到了一份帮助，大家都轻轻松松，这样更舒服。"

我想起不久前电视上报道的一件事：吉林长春的刘大军经营着一家不起眼的馄饨小店，一位行乞老人经常光临，而且错把"游戏币"当成硬币买馄饨。可刘大军却一声不吭地把游戏币揣到兜里，照样给老人馄饨吃。别人问他为什么这样做，他回答说："是为了让老人有尊严地吃饭。"

每个人都有善良的本心，不为让别人感激，只为做自己应该做和喜欢做的事，便是达到了善的一种境界吧。

# 不情勿请

文／沈岳明

　　不情之请，词典里的解释是，不合理的请求。既然知道它不合理，为什么还要请求呢？

　　一个商人，明知道自己不具备商业才能，却一心想将生意做大。商人想，既然正路走不通，那就走旁路吧，于是，便有了"不情之请"。这里的不情之请，都是一些不合理的行为。最后，虽然目的达到了，但却都是不合情理的。也正因为不合理，所以商人最后会合情合理地栽跟头。

　　一位家长，明知道自己的孩子不是天才，却一定要让他少年得志。家长想，既然正路走不通，那么就走旁路吧，于是便有了"不情之请"。这里的不情之请，也都是一些不合理的请求。最后，孩子被人誉为"天才"，被捧到了天上，结果却摔得很重。

　　这样的例子很多：商人会因为"不情"破产，"少年天才"会因为"不情"夭折……

　　但很多人就是管不住自己，总是怀揣着侥幸，来做些不情之请之事。如果人人都懂得不情之请的危害，不做不情之请之事，那么世间会少很多悲剧，社会会更加和谐、健康。

　　所以，我们主张不情——勿请！

# 共　识

文／[美] 迈克尔·桑德尔

我发现来听我讲座的人，会对同一问题产生不同的看法。

比如在美国有的学校，孩子每读一本书就会得到 3 美元的奖励。我会问来听我讲座的人，他们是否赞成这一做法。一些人会举手说这是个好主意，但是另一些人并不赞成这种做法，他们会说，如果你通过付钱来让学生取得好成绩，这样是可以让他们读更多的书，但是你可能就会让孩子感觉到学习是件很让人厌烦的事情，只有得到钱才有必要这么做。孩子们对于阅读的那种原始的热爱，就被损害了。

我总是会鼓励我的听众去质疑对方，去说服对方。有时关于价值的讨论是很复杂的，但如果我们共同反思，共同讨论，我们就有可能达成共识。

# 如何说话

文／亦　舒

说话真有好听难听之别。

最普通的例子是英国人从来不说"你听不听得见"而讲"我语气是否清晰"，客气与不客气差了十万八千里。

一样一句话，负面说法是："他妒忌我"，正面讲法是"我可能有叫他不顺眼之处"。

"他要价那么贵，交的又是行货"不如改为"我们用不起他的稿子"，反正不要，何苦再得罪人家。"我不知道你说什么"是怪对方表达能力差，"我没听懂"是自己笨，或许真是我们资质欠佳呢，无所谓啦。

"我疾恶如仇，不吐不快"会不会是"我心胸狭窄，凡事牢骚特多"？

"众人均针对我，故意刁难"可能是"我得罪四方君子，犯了众怒"？

切莫走入我是人非的窄巷，芝麻绿豆，完全是人家的错；面子里子，统统是人家的不是。


# 礼　貌

文／辛　旭


据说，康德离开人世前一个星期，他的身体已经极为虚弱。一天医生来探望他，他非但努力起身相迎，用已经不太清楚的口齿表达对医生抽空前来的感谢，还坚持要医生先坐下，他才坐下。等大家都落座，康德鼓起全身力气，非常吃力地说了一句话，竟然是："对人的尊重还没有离我而去。"

这一幕让闻者动容，因为它体现的不但是对人的尊重，更是高度的自尊。也正因此，在启蒙思想家那里，甚至将礼貌等同于人性。

所以，就算最初造作刻意，到后来也有可能固定下来而成为行为模式，要知道"姿态是可以变为习惯的"。

等到礼貌成为习惯，它便将化入人生，成为"人性"的一部分，楚楚动人。

# 不是一个人

文/莫 言

我记忆中最痛苦的一件事，就是跟着母亲去集体的地里捡麦穗，看守麦田的人来了，捡麦穗的人纷纷逃跑。我母亲是小脚，跑不快，被捉住，那个身材高大的看守人扇了她一个耳光，她摇晃着身体跌倒在地，看守人没收了我们捡到的麦穗，吹着口哨扬长而去。我母亲嘴角流血，坐在地上，脸上那种绝望的神情我终生难忘。

多年之后，当那个看守麦田的人成为一个白发苍苍的老人，在集市上与我相遇，我冲上去想找他报仇，母亲拉住了我，平静地对我说："儿子，那个打我的人，与这个老人，并不是一个人。"

# 到底该如何讲话

文/蒋光宇

有一天，苏格拉底在课堂上组织学生们讨论了一个问题：到底该如何讲话？

有一些学生主张，应该讲自己想讲的话。理由是：言为心声，语言是思想的外衣。只有讲出发自内心的话，才能打动人心，感人肺腑。

另一些学生反对，反对只讲自己想讲的话。理由是：如果不看对象，只讲自己想讲的话，就很容易犯下自以为是、无的放矢的错误。

有一些学生主张，应该讲别人喜欢听的话。理由是：甜言美语三冬暖，恶语伤人六月寒。如果说别人不喜欢听的话，即使有再好的动机，也很难收到良好的效果。

另一些学生反对，反对只讲别人喜欢听的话。理由是：良药苦口利于病，忠言逆耳利于行。蜜语巧言虽然听起来很舒服，但按照它去办事则必定失败。

讨论结束时，苏格拉底总结了学生们的正确主张：到底该如何讲话？从根本上说，既不是讲自己想讲的话，也不是讲别人喜欢听的话，而是讲你应该讲的话，并用别人喜欢的方式来讲。

# 不要坏了别人的规矩

文／放　牧

国学大师张中行和启功是至交。启功居住在北京师范大学，每天来拜访的人很多，影响了他的工作和休息。北师大的领导和启功商量之后，做出了一个规定：每日上午不会客。此规定以告示的形式贴在启功的家门口，加盖有学校公章。

一天，一位亲戚从外地来北京找张中行，想向启功求字，希望张中行帮忙。张中行带亲戚来见启功，看到启功家门前的告示便没去打扰。亲戚是上午 12 点的火车，张中行说："启功上午不会客，你又没有时间等，先回去吧，改天有时间我再登门。"亲戚说："您和启功先生是至交，都到家门口了，就请启功先生破例一次吧。"张中行说："不可，人家定了规矩，关系越好越要带头遵守，怎能带头违背？"

作为至交，张中行到了启功家门口却不进去，只为遵守启功的规定。这是对启功的尊敬，也是自身修养的体现。

# 鲁迅的"生病"图章

文／秦　湖

在上海鲁迅纪念馆内，保存着一枚白色木质图章，它的式样很普通，呈长方形，印面为 3.7 厘米 × 1.0 厘米，上面刻有"生病"两个方体字。这枚图章的下刀力度平平，质地很一般，而且图章上面也没有边款标记，所以，之前大家都不清楚它到底是做什么用的。后来，鲁迅的儿子周海婴在书中透露了这枚图章的秘密。

原来，1936 年 6 月，鲁迅的病情突然开始加重，连基本的起床、坐立都很困难，一直都坚持的日记也不能写了。而在这之前，鲁迅经常在写作之余挤出时间，热心地为众多青年文学爱好者看稿，解答他们在写作或生活中遇到的一些困惑和问题。现在，鲁迅病倒了，很多人都不知道内情，依旧将他们的稿件寄来。这些文学青年往往都很重视自己的稿件，为了避免丢失，他们大都是寄挂号信的。那时候，挂号信件又分单挂和双挂两种。单挂号信盖章后，就算是收件人向邮局负责；而双挂号信则还有一张回执，需要回递寄件人。

对此，卧病在床的鲁迅心里很是焦急。为了不延误时间，让寄信的人牵挂，鲁迅专门让人刻了这枚"生病"图章，在回执栏盖上"生病"二字，再让邮递员送回，以此求得寄信人的谅解。当时的周海婴已经六岁多了，有时在楼下玩耍，遇到来信要盖此章时，往往不许旁人插手，不论邮件缓急，都要抢着完成这个自以为非常荣耀的任务。寄信人收到回执后，知道了其中的情况，深受感动，同时也不急于鲁迅回复自己的稿件了。

# 第一等学问

文／章中林

钟世镇，我国现代临床解剖学的奠基人之一，中国工程院院士。这样一个令人高山仰止的人物，似乎应该是高高在上，不易亲近的吧。可是，他不。

学生刘静考取博士研究生没多久，一天，她急着用实验室做实验，就打电话给实验室的老师。她凭着记忆拨了一个号码，报上要找的老师的名字。接电话的人声音浑厚，是一位年迈的长者。听清她的意思之后，他亲切地说："对不起，你拨错号码了。"怎么会拨错呢？刘静想了想，又拨了回去。接电话的还是那位老者，他语气柔和地说："对不起，你拨错了，请核对一下号码再拨。"怎么又拨错了？她第三次拨了过去。接电话的还是那位老者。"你开开门，我要做实验。""哦，做实验是大事。这样，我帮你查一下电话号码。"电话里老者的声音依然心平气和。这一次，她拨通了实验室老师的号码。

第二天，她才知道自己三次拨的都是钟世镇办公室的号码。在三次被陌生电话骚扰时，他竟然都能平心静气地回答，还主动地帮忙。

还有一次，钟老师带着学生去处理一具新鲜的尸体。可到现场后，发现标本全身的皮肤出现异常的紫癜。他当即决定不让学生参加操作，自己亲自动手。他告诉学生们："这可能是个严重急性肝炎死者。你们年轻，易受感染；我年纪大，对肝炎病毒已不敏感。以后有机会你们再动手练习。"

这对钟世镇来说可能没什么特别。他常常说的一句话是："肯替别人着想是世间第一等学问。"

# 摆 棋

文／瘦 茶

钱穆妻子胡美琦回忆："钱穆也喜欢围棋，但不喜欢和人对弈，他嫌那样费时伤神，所以更喜欢摆棋谱。在我觉得心情沉闷时，他常说，我来替你摆一盘棋吧。"

人生亦可如摆棋，用不着与人争输赢，也能自得其乐。钱穆的不与人对弈，怕也是一种孤傲吧，不屑与人争输赢。我便想起兰德之诗："我和谁都不争，和谁争我都不屑。"

# 一介之士必有密友

文／（清）张 潮

一介之士，必有密友。密友不必定是刎颈之交。大率虽千百里之遥，皆可相信，而不为浮言所动；闻有谤之者，即多方为之辨析而后已；事之宜行宜止者，代为筹划决断；或事当利害关头，有所需而后济者，即不必与闻，亦不虑其负我与否，竟为力承其事。此皆所谓密友也。

# 三言两语记

文／徐弘毅

修身、修心，不论境地是好、是劣，尤其在劣时；修养、修炼，不论境遇是吉、是凶，尤其在凶时。

礼在先，理不在急。

请把老人的啰唆当作一个重重的嘱托，请把老人的严肃当作一种深深的爱护，请真心理解老人的啰唆和严肃。

礼仪在心，待人笑迎。理数在心，最终遇事笑赢。

只为自己的急功近利，往往忘恩负义，不仁不义。

有时没有钱是很可怕、吓人的，而不择手段一味追求有钱，则更为可怕和吓人。

一般情况下，不按常规办事，不按常识说话，要么不懂，要么糊弄，要么——必有猫腻在其中。


# 心在肉身里

文／肖 进

一青年工作勤勤恳恳，却不受同事们欢迎。青年心中甚为不解，多方打听，找到一位德高望重的智者，寻求开导。

智者问："你是否曾无意间得罪过同事？"

青年说："应该没有，我除了跟同事谈论工作上的事，再无其他言行。我从不打听别人的私事；从不偷看别人的物品、电脑；从不挑拨他人关系；从不偷听他们私下的谈话；从不乱接受别人的小恩小惠，连同事之间吃饭，我都会主动提出采取 AA 制；从不跟女性同事单独说话、走路，以免她们的爱人误会；从不争功抢利，从不先声夺人。"

智者说："你为人谨慎，事事小心。你捂住自己的眼睛，对不该看的事避而不见；你捂住自己的耳朵，把不该听的话拒之耳外；你捂住自己的嘴，让'祸从口出'这四个字在你的人生词典里消失；你捂住自己的手，只怕不小心胳膊肘碰伤别人；你捂住自己的脚，担心走路带起的灰尘会污染了空气。"

青年似有所悟地点点头。

智者又说："你捂住了自己的全部肉身，却忘了你的心也在肉身里包裹着，心都捂住了，别人如何近得你身？"青年大悟，谢恩离去。


# 谢谢你，让我成为更好的人

文／虹　色

昨晚和女儿聊天，她说她生平第一次寄了张明信片，给一个演员。她说，我就是想把我明信片上的那句话告诉他。那句话就是："谢谢你，让我成为更好的人。"

我不知道在这个世界上有多少机会可以让你寻找到那个让你想要变得更好的东西。也许是一本书，也许是一部电影，也许是一首诗，也许是一个故事，也许是一个人。也许是你认识的人，也许是你不认识的人，也许永远都在地球的两端，永远不交错。

但我要说的就是这个——如果你抬头看群星，大概不知道正在头顶上空闪闪发光的某颗星的名字，也不会知道它为了投射这光芒跨越了多少光年。也许它自身早已崩塌焚毁，可是在那瞬间，它的光芒被你看见。就是这样的星球上，所有的巧合和机遇在不断地发生。


# 送 行

文／梁实秋

"黯然销魂者，唯别而已矣。"遥想古人送别，也是一种雅人深致。古时交通不便，一去不知多久，再见不知何年，所以南浦唱支骊歌，灞桥折条杨柳，甚至在阳关敬一杯酒，都有意味。李白的船刚要起碇，汪伦老远地在岸上踏歌而来，那幅情景真是历历如在眼前，其妙处在于纯朴真挚，出之以潇洒自然。平凤莫逆于心，临别难分难舍，如果平常我看着你面目可憎，你觉我言语无味，一旦远离，那是最好不过，只恨世界太小，唯恐将来又要碰头，何必送行！

我不愿送人，亦不愿人送我。对于自己真正舍不得离开的人，离别的一刹那像是开刀，凡是开刀的场合照例是应该先用麻醉剂，使病人在迷蒙中度过那场痛苦，所以离别的苦痛最好避免。一个朋友说："你走，我不送你。你来，无论多大的风雨，我要去接你。"我最赏识那种心情。


# 特 意

文／乔 叶

好像在某些事情上，我变得越来越好歹不分了。

去某朋友家做客，他为我沏茶。

"这是我特意为你留的普洱，五千块钱一斤呢。"他说。

"哦。"我纳闷，"只有我来你才喝吗？你平常不舍得喝吗？我一年才来几次？不怕放坏了吗？"看他尴尬的脸色，我再火上浇油，"既然是为我特意留的，我一会儿就拿走好了。"

有朋友来郑州，到我的单位看我，"特意过来看看你。"

我看着他手中的纸袋子，"是在黄河迎宾馆开会吧？"

"对。"

"那就不是特意，是顺便。"

"顺便特意。"

"顺便就是顺便，特意就是特意，"我说，"没有顺便特意。"

是的，没有顺便特意。什么是特意？特意就是纯粹，就是专程，就是没有杂色，就是别无旁骛，就是一条道走到底，就是此时，此事，为此而来，再无其他。

当然，我当然明白这种特意很多时候不过是一种客气，是要格外表达某种尊重。但是，用语言的帽子扣在并不符实的行为上，这种特意在本质上就更像是一种情感高压，甚至近似于诈欺。

相比之下，我更喜欢这种特意：不说，只做。正如一个很久没有谋面的朋友，那天相约吃饭，临别之时，他从包里掏出一本书给我，只因一次聊天中，我曾经说过在找这本书。给我的时候，他只说了两个字："看吧。"他没有说："我是特意给你带的书！"亦正如最疼惜我的乡下姨妈，我每次去看她，她都会给我冲上满满一碗鸡蛋茶，每次放的鸡蛋都是四个。她也只是说这两个字："喝吧。"她从不说："这是特意给你打的四个鸡蛋！"

一次，在山里闲走，到一户人家吃饭，要的是一碗素面条，吃到底才发现碗底埋着四个荷包蛋。

但我知道，他们都是特意，真正的特意。而且，因为他们的沉默，他们的特意就更显得醇厚，如陈年的原浆酒。

# 雨伞和影子

文／刘晓鸥

有一种朋友是雨伞，他总是在你需要的时候出现，雨过天晴，他便不来烦你。另一种朋友是影子，有时关心你胜于关心自己，几乎到了难以摆脱的程度。

当下的时代，每个人都看重自己的空间和隐私，即便是朋友，还是有一点距离好，雨伞一样的朋友或许交得久。

影子一样的朋友对友谊有很大的依赖性，他们会把所有的事情都告诉朋友，还时常埋怨：我什么都告诉了他，可他却万事不说与我知。

这种强求是友谊的大敌。你看我多信任你，为什么你不能同样信任我？这样的朋友会让对方很累。不带给对方压力，可以自由自在相处的才是好朋友。

交友的另一条准则是不要随便进入朋友的生活，比如随便给朋友的亲人打电话，对朋友的朋友提出各种要求，看上去好像是"资源共享"，其实是冒犯了朋友。朋友之间是最需要彼此尊重的，不能因为大家很熟，便代替朋友做主，或者"你我不分"。这都是最终葬送友谊的隐患。

# 不要对别人的善意产生依赖

文／陈志宏

12 年前，我在某杂志社做编辑。初入行，稿源缺乏，让我很是头疼。幸运的是，认识了一些也写稿的编辑同行，比如汤姐。有一期快截稿的时候，我主管的栏目，连送几篇都被毙，让我慌得像热锅上的蚂蚁。打电话向汤姐求助，第二天她便将一篇文章传真过来，主编很爽快地签发了。

转眼新一期又要交稿了，急缺稿，我习惯性地又拨通了汤姐的电话。她说："我不是专门写作的，上次是纯粹帮你。你得发现、培养自己的作者队伍，不能老指望我对你的帮助。"她的这番话，让我明白了，陷入困顿找朋友帮两次，无可厚非，但从此依赖上了朋友的善意，就不合乎常理了。

后来，我离开了杂志社，跳槽到一家报社做记者。一天，我接到朋友的电话，她说正策划做"八三男人节"的新闻，邀请我们报纸一起参与。我无力做主，便把我们主编的办公电话告诉她。以为这事就完了，没料到，她一天好几个电话，找我问询。我只是一个小记者，这样的策划我做不了主。这样催我，有什么用呢？那一刻，我理解了汤姐当时的心情。是的，人不应该对别人的善意产生依赖！

不是每个人都能遇到善良率真的汤姐，也不是每个人都能像汤姐那样推心置腹地说出知心体己的话；不是每个施予了善意的人都会心情舒畅，不是每一个善意都是让人那么的通体温暖。所以，不要让别人播撒于己的善意成了人家的负累。

# 飞鸟集

文 / [印度] 泰戈尔

黑夜，我感觉到你的美了，你美如一个可爱的妇人，当她把灯灭了的时候。

使卵石臻于完美的，并非锤的击打，而是水的且歌且舞。

如果你把所有的错误都关在门外，那么，真理也要被排斥了。

时间是变化的财富，然而时钟拙劣的模仿，却只有变化而毫无财富。

伟大的，不怕与弱小同行；中庸的，却远而避之。

杯中的水闪闪生光，海里的水是黑沉沉的。

小道理可用文字说清楚，大道理却只有伟大的沉默。

河岸对河流说："我无法留住你的波浪，让我把你的足印留在我的心上吧。"

让死者有不朽的名誉，生者有不朽的爱情。


# 灵境乾坤

文 / 朱良志

在中国人的智慧中，空谷幽兰，就是一个圆满的世界；一朵篱笆墙边的野花，也是一个完足的宇宙。大千世界，一尘观之；浩瀚大海，一沤见之。一拳石，可以知高山；一叶落，可以知劲秋。一朵微花低吟，唱出世界的奥秘；一枝竹叶婆娑，透出天地的消息。

以小见大思想的精髓，在拓展人的心灵境界。

"江山无限景，都聚一亭中"，为何讲一个小小的亭子要扯到天地乾坤宇宙呢？乾坤，言其大，小亭，言其小。一座小亭，有囊括乾坤的可能。这当然不是就视觉而言，而是心灵的吞吐。小，是外在的物；大，是内在的心。从物上言之，何人不小！但从心上言之，心可超越，可以飞腾，可以身于小亭而妙观天下，可以泛小舟而浮沉乾坤。这通透的小亭，八面空空的小亭，就是一个心灵的高台，所以中国人将心灵称为"灵台"。

# 初春的雨（外一则）

文／［日］德富芦花　编译／陈德文

午前春阳，午后春雨，暖和悠闲，而且宁静。

八幡的梅林里，一位背着小孩的老妪，正在捡松叶、松子和枯枝。雨水透过林中的松树、杉树、榉树，沙沙地滴打在散满枯叶的沙地上。

从村庄来到田野，麦苗墨绿，路边的枯草也萌生出斑斑绿色。

春雨潇潇，碧烟蒙蒙。

樱花山虽然残留着斑斑白雪，然而，山岭、树木、房舍和田园，无不在春雨的滋润下，显得丰泽亮丽。河面明亮，田地宽阔，一张网挂在春雨中。

梅花渍香，山茶吐红，麦苗绿润，山青空蒙。

这是一场多么催春的春雨啊。

# 新　树

夜来，春雨渐止，九时许，满天的云朵散了，又薄，又细，如棉，似纱，继而化为轻烟，以至完全消失，天空一碧如玉。

静静望去，一庭新树，沐浴在阳光之下，浮绿泛金，欣欣向荣。仿佛将满天的日光全部集中到院子里来了。你看，那枝枝叶叶，水灵灵地映着碧空，将淡紫的影子印在地面上。

樱树长出了嫩叶，一两点残花稀稀疏疏，掩映在绿叶丛中，不时飘飞下来，像翩翩的彩蝶。树下，落英和红萼，片片点点，连同影子一起贴着地面。一只白鸡，披着斑驳的树影，啄食落花。

看，飞虫如雪，纷纷绕树而飞，蜂虻嗡嘤，映着阳光翻舞。自然界适逢这样的丽日，显出十分满足的样子。

风徐徐吹来，新树轻轻抚摩着碧空，不停地点头。满地的树影微微颤动。新树之间晾晒的衣物，也把影子投在地上，翩翩舞动。

# 月　夜

文／顾　随

夜间十二点钟左右，我在青州城西门上；没有鸡叫，也没有狗咬；西南方那些山，好像是睡在月光里；城内的屋宇，浸在月光里，更看不见一星灯亮。

天上牛乳一般的月光，城下琴瑟一般的流水，中间的我，听水看月，我的肉体和精神都溶解在月光水声里。

月里水里都有我吗？我不知道。

然而我里面却装满了水声和月光，月亮和流水也未必知道。

侧着耳朵听水，抬起头来看月，我心此时水一样的清，月一样的亮。


# 花　拆

文／（台湾）张晓风

花蕾是蛹，是一种未经展示未经破坏的浓缩的美。花蕾是正月的灯谜，未猜中前可以有一千个谜底。花蕾是胎儿，似乎浑淹无知，却有时喜欢用强烈的胎动来证实自己。

花的美在于它的无中生有，在于它的穷通变化。有时，一夜之间，花拆了，有时，半个上午，花胖了，花的美不全在色、香，在于那份不可思议。我喜欢郑重其事地坐看昙花开放，其实昙花并不是太好看的一种花，它的美在于它的仙人掌的身世带给人的沙漠联想，以及它猝然而逝所带给人的悼念，但昙花的拆放却是一种扎实的美，像一则爱情故事，美在过程，而不在结局。有一种月黄色的大昙花，叫"一夜皇后"的，每颤开一分，便震出轰然一声，像绣花绷子拉紧后绣针刺入的声音，所有细致的蕊丝，顿时也就跟着一震，那景象常令人不敢久视——看久了不由得要相信花精花魄的说法。

我常在花开满前离去，花拆一停止，死亡就开始。

有一天，当我年老，无法看花拆，则我愿以一堆小小的春桑枕为收报机，听百草千花所打的电讯，知道每一夜花拆的音乐。

# 念念有词

文／叶维之

### 爱

一种是仅动两片嘴唇的声音，一种是融在骨髓里的誓言。

### 伯乐

常言道，伯乐识马。

又有言道：被伯乐发现之前的马，才是真正的好马。

故伯乐有功，他发现了好马；伯乐有过，他可能毁了好马。

### 沉默

不说话，不轻易说话，是金玉、是明智、是韬晦，是藏拙、是遮丑、是羞涩。

英国哲学家维特根斯坦说得对："凡是不能说的，我们就应当保持沉默。"

### 传闻

让嘴巴和耳朵不得空闲的"接力"运动。因为接力，谁都感觉很累；因为不知道终点，所以谁也不停止。

### 看不清

在贼亮的光明中与漆黑的黑暗中，都同样看不清。

# 路在掌中

文／（台湾）简媜

走路的人，路在脚下；铸路的人，路在掌中。

想象当时是何等炎热的烈日，没有游人。独独这一群安静的人，顶戴着太阳，蹲伏着，一支铁凿撑住一身心力，慢慢地把平滑石板镂出一丝一缕痕迹！

有汗如雨，沁入土中，浸软了石泥，雕得更深密……

有瘀血在掌，就让它硬成茧，好凿尖处，剥出细丝！

日在午，仍旧铸去，要铸一条比岁月更久远，比星辰更幽邈，比磐石更坚固的路！

日已暮，没有赞赏、鼓掌，路在安静之中展开，辽阔且平坦。纵的镂线是纬，横的是经，这经纬之间，还有青翠的绿茵是带路的浪，引迷津的舟子，一步步航向巍峨的圣殿。

我看游人如织，走过这条路，照相也好，奔跑也好，嬉戏也好，没有人知道这条路是如何打造铸成的了！但，众生的脚步一直没有断过，在铸路之后。

# 笔与性情

文／（台湾）黄永武

常听人家说"字如其人"，仿佛身上多肉的人，写的字就粗肥；身上露骨的人，写的字也瘦削。但这也不一定，我见过形体魁梧的人，所写的字蜷曲纤小；而身材矮小的人，所写的字反而雄阔开张，字未必像人的形体，但字比较像人的性情。性情粗疏的笔墨潦草，性情拘谨的笔画工整，铁画银钩，一笔不苟，大抵做事也谨细正直。柳公权说："用笔在心，心正则笔正。"笔与性情，或许有些关联吧？

# 不 要

文／［英］伯特兰·罗素

凡事不要抱绝对肯定的态度；

不要试图隐瞒证据，因为证据最终会被暴露；

不要害怕思考，因为思考总能让人有所补益；

不要盲目地崇拜任何权威，因为你总能找到相反的权威；

不要为自己持独特看法而感到害怕，因为我们现在所接受的常识都曾是独特看法；

即使真相并不令人愉快，也一定要做到诚实，因为掩盖真相往往要费更大的力气；

不要嫉妒那些在蠢人的天堂里享受幸福的人，因为只有蠢人才以为那是幸福。

# 居 室

文／［黎巴嫩］纪伯伦

我愿山谷成为你们的街道，绿径是你们的小巷，若是你们可以穿过葡萄园彼此造访，衣裳留着泥土的芳香。

回忆是那连接心灵峰峦的隐约闪现的桥梁，而美是那将心灵从木石之所引向圣山的向导。

你们的居室不应是锚，而应是桅。它以晨雾为门，以夜的歌声和寂静为窗。


# 自　然

文／［英］王尔德

自然，给予岩缝让我藏身；预备无人知晓的河谷，使我得以清清静静地痛哭。

她会在夜空张挂起星星，当我在外摸黑行走时，不致绊倒；再送长风抹平我的脚印，让我不受恶人的跟踪和残害。

她以浩渺之水洁净我，又将苦口的药草调治，好教我复原。


# 一　瞥

文／百　桦

一天中午，我的向导正在帐篷里睡觉，散放在湖边的三匹马正在津津有味地啃着嫩草，我在湖边草地上，半躺半坐地凝视着雪山上的一团白云。忽然，吹来一阵风，右侧山坡上高过半人的枯草，显出一条裂缝来。很快，一只斑斓猛虎直接出现在我的面前。它的右前爪抬了一下，就站住了，定睛向我投来一瞥。

我想那时我一定也定睛回视了它。全过程顶多只有 1/50 秒，非常奇怪的是，我压根儿没想到你吃掉我或我吃掉你的问题，所以我仍然是原来的姿势和原来的神情，连应有的惊讶也没有，我把它和这纯净美丽的自然景色归于一体了。它仰着高贵的头颅，既不怕我，也不恨我，像我一样，它把我和这纯净美丽的自然景色也归于一体了。阳光在它那光亮的皮毛上点燃了金色的火苗，虎目之光如同云层之中的一束闪电。然后它自信而轻松地沿着小溪，快步如飞地消失在了茂密的林中。

# 石头记

文／（台湾）蒋　勋

澎湃的大浪永不歇止。浪沫在晴空中飞扬散去。后退的浪潮，在岩石隙间迅急推涌、回旋。但是，它还要再来，它还要倾全力奔赴这千万年来便与它结了不解之缘的粗粝岩石啊！

爱者和被爱者，都有一种庄严。海的咆哮、暴怒、不息的纠缠之爱，岩石的沉默、固执、永不屈服、永不退让。那样缱绻缠绵，真是要惊天动地啊！

细细查看，石头上竟然有水纹回旋的印记。这样柔软的水的抚爱回旋，竟也在坚硬如铁的岩石上留下了印记。那纹痕妩媚婉转，不使人觉得是伤痕，是千万年来这不可解的爱恨留下的伤痛的印记啊！

难怪《红楼梦》要叫《石头记》，一切人世的繁华幻灭，从头说起，不过是洪荒中一颗饱经沧桑的顽石吧。

# 岁　月

文／（台湾）三　毛

　　我们 30 岁的时候悲伤 20 岁已经不再回来。我们在 50 岁的年纪又怀念 30 岁的生日多么美好。

　　当我们 99 岁的时候，想到这一生的岁月如此安然度过，可能快乐得如同一个没被抓到的贼一般嘿嘿偷笑。

　　相信生活和时间。

　　时间冲淡一切苦痛。

　　生活不一定会创造更新的喜悦。

　　小孩子只想长大，青年人恨不得赶快长胡子，中年人染头发，老年人最不肯记得年纪。

　　出生是最明确的一场旅行。死亡难道不是另一场出发?

　　成长是一种蜕变，失去了旧的，必然因为又来了新的，这就是公平。

　　孩子和老人，在心灵的领域里，比起其他阶段的人来说，自由得多了。

　　因为他们相似。

　　岁月极美，在于它必然的流逝。

　　春花、秋月、夏日、冬雪。

# 孤独是宇宙的本质

文 / 发 雷

孤独是宇宙的本质。

无机物是孤独的，大地、山脉、石头，它们总是沉默着，偶尔的言语表达也显得迅疾和不可理喻，比如地震、火山喷发。没有人说，无机物不是幸福的。有机物中，植物是最孤独的，它们的话语通常会在春天痛痛快快地说完，然后便保持着处子般的恬静。没有人说，植物不是幸福的。低等动物也是孤独的，虽然嚎叫或发情期的时候也有，但总是短暂的，大部分时候它们安静地散步、打盹，安静地打量天空。没有人说，动物们不是幸福的。

孤独的还有我们这个星球以及整个宇宙，这些莫不也是幸福的。孤独和幸福的本质是事物无限地接近他们自身。

人在什么时候无限接近他们自身？是求爱的时候吗？是喧哗的时候吗？不是。而是在静默的时候，阅读的时候，痛苦的时候，深夜失眠的时候。

这些都是孤独的时候，都是单个个体面对自身、面对上帝的时候。


# 天长地久

文 / 郭文斌

一个人要想走进安详，获得真幸福，首先要和天地精神相应。而"给"，就是天地精神。阳光、空气、时间、空间都是免费为我们提供的。有人收取土地出让金，但是大地本身没有收取；有人收取水费，但是水本身没有收取。为此，天才长，地才久。

　　要去掉得失心，就要向天地学习。日月无言，昼夜放光；大地无语，万物生长。放光，又无言；生长，又无语。

## 豁然开朗

文 / 丰子恺

你若爱，生活哪里都可爱。

你若恨，生活哪里都可恨。

你若感恩，处处可感恩。

你若成长，事事可成长。

不是世界选择了你，是你选择了这个世界。

既然无处可躲，不如傻乐。

既然无处可逃，不如喜悦。

既然没有净土，不如静心。

既然没有如愿，不如释然。


## 欢　愉

文 / 黎武静

世间书，最漂亮的两个字是"往矣"。

诗人说的，一万个快乐也抵不过一个痛苦。抵不抵得过只不过是一种换算方式，事实是一万个快乐，或者一个痛苦，在时间的流水中，都会悄悄过去。

所以渐渐地，高低起伏不放在心上。糟糕的痛苦，随它去吧，不提也罢。而疾驰的快乐，心爱的是这一瞬间，弹指之欢，如莲花开落。此情此景，片刻欢愉，俄顷相遇，刹那隽永。风琴在风中鸣响，盛筵华席，饮到不醉无归。轻歌曼舞，舞到曲终人散。这时的喜悦，握在手中，指掌之间真切温暖。我们天性中藏着一份尽情任性的潇洒，和曹子建注定有知音相遇的情感："来日大难，口燥唇干；今日相乐，皆当喜欢。"

春宵短，夏日长。花间晚，西风凉。风花雪月各擅其场，我们游历其间，一时欢喜一时忧愁。将得失看淡，将沉浮看透，将痴嗔看破，桃花依然，春水依旧。

欢愉常在俄顷，稍纵即逝，我们是排队买彩票的人，在长长的队伍里等一个千万分之一的概率。

承载回忆的中学校园，青色藤蔓蜿蜒向上，更加深阔的篮球场，和篮球场上那些活力四射青春正好的少年。路过时看他们奔跑，车后面载着我的书，晃晃荡荡，这条幽静小巷，写满了快乐。

都过去了，那些快乐和不快乐的事。而心情，长久地留在记忆中，我们选择了更愉悦的部分。忘了痛苦的灰暗的部分，与阳光挚诚相对，共进早餐，丰盛而充裕。

尝过痛苦依然快乐的人，学会成熟。历过世事保持天真的人，弥足珍贵。

俄顷欢愉，此时相知。一分钟的快乐，很快乐。


# 四季诗意缤纷

文／那秋生


"春游芳草地，夏赏绿荷池，秋饮黄花酒，冬吟白雪诗。"这是《神童诗》里描写的人生四时之欢乐情景。《四季吟》则以花木的特征来写意："春晖桃花相映红，夏暑荷叶满池中，秋风丹桂香千里，冬日寒梅伴老松。"

郭熙《林泉高致》语："春山淡冶而如笑，夏山苍翠而如滴，秋山明净而如妆，冬山惨淡而如睡。"画家抓住了特征，以一字传神，可谓绝妙。"春服宜倩，夏服宜爽，秋服宜素，冬服宜艳。"张潮在《幽梦影》中写道。人的穿着随季节而变换，一字便焕然而新，堪为神笔。

"春有百花秋有月，夏有凉风冬有雪；若无闲事挂心头，便是人间好时节。"这是无门禅师的一首偈诗，只要我们能抛开俗念琐事，便能体会到春夏秋冬四季不同的美好景致。

# 歌　声

文／顾　城

　　夏天，法布尔说，蝉在树上唱歌，它的声音不好听，但是我们人应该原谅它，因为它是很不容易才爬到树上唱歌的，它在地底下做了好多年苦工，谱写一支歌曲，就是为了有一天在夏天的树枝上歌唱。

　　满天的星星都看着我的时候，我觉得最美的不是星星，而是这个小小的蟋蟀的歌声。一个小虫子，拉着它的琴，在一个很小的土洞里，不是为了赢得观众，只是因为热爱，这个蟋蟀和我们人一样有它的生命，它的生命本身就是一支歌曲。

（京）新登字 083 号

图书在版编目 (CIP) 数据

谢谢你，让我成为更好的人 / 李钊平主编; 青年文摘图书中心编 . — 北京：中国青年出版社，2014.7

（青年文摘彩虹书系）

ISBN 978-7-5153-2436-4

Ⅰ . ①谢… Ⅱ . ①李… ②青… Ⅲ . ①散文集 – 中国 – 当代 Ⅳ . ① I267

中国版本图书馆 CIP 数据核字 (2014) 第 098611 号

# 谢谢你，让我成为更好的人

青年文摘图书中心 编　　李钊平 主编

责任编辑：彭慧芝

内文插图：孔　雀

装帧设计：后声 HOPESOUND

出版发行：中国青年出版社

社　　址：北京东四十二条 21 号

邮政编码：100708

网　　址：www.cyp.com.cn

编辑中心：010-57350371

营销中心：010-57350370

印　　装：三河市君旺印务有限公司

经　　销：新华书店

规　　格：880×1230　1/32

印　　张：8.75

字　　数：230 千字

版　　次：2014 年 7 月北京第 1 版

印　　次：2015 年 8 月河北第 3 次印刷

印　　数：16001–19000 册

定　　价：28.00 元

如有印装质量问题，请凭购书发票与质检部联系调换　联系电话：010-57350337

# 青年文摘图书中心精品书目

## 青年文摘白金作家系列

《女生，我悄悄对你说》（毕淑敏著）
《男生，我大声对你说》（毕淑敏著）

**定价：32 元（单册）64 元（套装）**

《跨越百年的美丽》（梁衡著）

**定价：36 元（平装）48 元（精装）**

## 青年文摘典藏系列·第一辑

《成为世界的光》（励志卷）
《爱吧，就像没有痛过》（爱情卷）
《平流层的小樱桃》（成长卷）
《生命灿烂如花》（人生卷）
《在有限的人生彼此相依》（温情卷）
《推开虚掩的智慧之门》（哲思卷）

**定价：22 元（单册）132 元（套装）**

## 青年文摘典藏系列·第二辑

《那段奋不顾身的日子，叫青春》（成长卷）
《当我已经知道爱》（爱情卷）
《赠我一段逆流路》（励志卷）
《爱是永不止息》（温情卷）
《梦想照耀未来》（人生卷）
《生命从不绝望》（哲思卷）

**定价：22 元（单册）132 元（套装）**

## 青年文摘 30 年典藏本

《赢这场人生旅程》（人生卷）
《比爱更爱你》（恋情卷）
《独一无二的柠檬》（成长卷）
《谁在尘世温暖你》（情感卷）
《动听的花园》（随笔卷）

**定价：27 元（单册）**

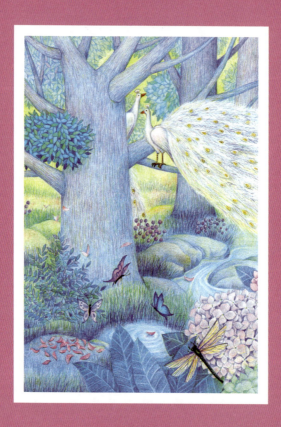